国家古籍整理出版专项资助项目

【中国古典文学读本丛书典藏】

高适岑参诗选

孙钦善　武青山
陈铁民　何双生　选注

人民文学出版社

图书在版编目（CIP）数据

高适岑参诗选/孙钦善等选注. —北京：人民文学出版社，2021
（中国古典文学读本丛书典藏）
ISBN 978-7-02-016225-3

Ⅰ.①高… Ⅱ.①孙… Ⅲ.①唐诗—诗集 Ⅳ.①I222.742

中国版本图书馆 CIP 数据核字（2020）第 070202 号

责任编辑　董岑仕
装帧设计　陶　雷
责任印制　王重艺

出版发行　人民文学出版社
社　　址　北京市朝内大街 166 号
邮政编码　100705

印　　刷　三河市鑫金马印装有限公司
经　　销　全国新华书店等

字　　数　164 千字
开　　本　880 毫米×1230 毫米　1/32
印　　张　6.625　插页 3
印　　数　1—6000
版　　次　1985 年 8 月北京第 1 版
印　　次　2021 年 9 月第 1 次印刷

书　　号　978-7-02-016225-3
定　　价　28.00 元

如有印装质量问题,请与本社图书销售中心调换。电话:010-65233595

目　录

前言　1

高适
行路难二首　3

别韦参军　4

过卢明府有赠　7

苦雨寄房四昆季　8

塞上　12

蓟门五首　13

营州歌　15

效古赠崔二　16

邯郸少年行　17

寄宿田家　19

淇上酬薛三据兼寄郭少府微　20

自淇涉黄河途中作十二首（选二首）　23

燕歌行　并序　25

画马篇　28

咏马鞭　30

赋得还山吟送沈四山人　30

古大梁行　32

别杨山人　33

东平路中遇大水　34

送前卫县李寀少府　36

封丘县　37

封丘作　39

睢阳酬别畅大判官　40

送兵到蓟北　43

使清夷军入居庸三首　44

自蓟北归　46

蓟中作　47

答侯少府　48

同薛司直诸公秋霁曲江俯见南山作　52

送李少府贬峡中王少府贬长沙　53

送李侍御赴安西　54

送刘评事充朔方判官赋得征马嘶　55

送董判官　56

送浑将军出塞　57

送别　59

登陇　60

金城北楼　61

武威作二首　62

入昌松东界山行　64

塞下曲　65

部落曲　66

同吕员外酬田著作幕门军西宿盘山秋夜作　67

塞上听吹笛　69

别董大二首（选一）　70

酬河南节度使贺兰大夫见赠之作　70

赴彭州山行之作　73

酬裴员外以诗代书　74

除夜作　81

人日寄杜二拾遗　82

岑参

夜过磐豆隔河望永乐寄闺中效齐梁体　87

登古邺城　88

暮秋山行　89

临河客舍呈狄明府兄留题县南楼　90

山房春事二首　91

送王大昌龄赴江宁　92

宿关西客舍寄东山严许二山人时天宝初

　　七月初三日在内学见有高道举征　94

秋夜宿仙游寺南凉堂呈谦道人　95

沣头送蒋侯　98

初授官题高冠草堂　98

高冠谷口招郑鄠　100

宿蒲关东店忆杜陵别业　101

胡笳歌送颜真卿使赴河陇　101

青门歌送东台张判官　103

初过陇山途中呈宇文判官　105

西过渭州见渭水思秦川　107

逢入京使　107

经火山　108

银山碛西馆　109

题铁门关楼　110

宿铁关西馆　110

碛中作　111

过碛　111

碛西头送李判官入京　112

忆长安曲二章寄庞漼　113

武威春暮闻宇文判官西使还已到晋昌　113

河西春暮忆秦中　114

武威送刘单判官赴安西行营便呈高开府　114

武威送刘判官赴碛西行军　118

送李副使赴碛西官军　119

与高适薛据同登慈恩寺浮图　120

送祁乐归河东　122

终南双峰草堂作　124

春梦　126

送人赴安西　126

赴北庭度陇思家　127

发临洮将赴北庭留别　128

凉州馆中与诸判官夜集　129

轮台歌奉送封大夫出师西征　130

走马川行奉送出师西征　132

北庭贻宗学士道别　134

登北庭北楼呈幕中诸公　136

白雪歌送武判官归京　137

天山雪歌送萧治归京　139

热海行送崔侍御还京　140

送崔子还京　141

火山云歌送别　142

赵将军歌　143

胡歌　143

送张都尉东归　144

与独孤渐道别长句兼呈严八侍御　145

醉里送裴子赴镇西　148

田使君美人如莲花舞北旋歌　149

酒泉太守席上醉后作　151

行军二首　152

行军九日思长安故园　155

奉和中书贾至舍人早朝大明宫　156

寄左省杜拾遗　157

早秋与诸子登虢州西亭观眺　158

西亭子送李司马　159

虢州后亭送李判官使赴晋绛　161

卫节度赤骠马歌　162

潼关镇国军句覆使院早春寄王同州　164

奉送李太保兼御史大夫充渭北节度使　166

送张秘书充刘相公通汴河判官便赴江外觐省　167

裴将军宅芦管歌　170

送张子尉南海　172

早上五盘岭　173

入剑门作寄杜杨二郎中时二公并为杜元帅判官　174

送狄员外巡按西山军　178

峨眉东脚临江听猿怀二室旧庐　180

阻戎泸间群盗　181

巴南舟中思陆浑别业　184

客舍悲秋有怀两省旧游呈幕中诸公　184

前　言

一

　　高适(701—765),字达夫,渤海蓚人(蓚 tiáo 今河北景县南),世居洛阳①。他出身于一个官僚家庭,父亲做过韶州(故治在今广东韶关市)长史。到他本人一代,家境已经衰败,而他自己又不屑治家理财,正如《旧唐书》本传所说"少濩落,不事生业",平生"喜言王霸大略,务功名,尚节义"。

　　高适二十岁时,西游长安,带着天真的幻想,也颇自负,以为"书剑"学成,满可以取得相当的官位,施展抱负。而实际情况却是"白璧皆言赐近臣,布衣不得干明主"(《别韦参军》),结果失意而归,客居梁宋(唐宋州宋城县,今河南商丘县),在友人的资助下,过着隐耕的生活。

　　高适出仕之前客居梁宋的生活,以开元二十年(732)至开元二十六年间北游蓟门、燕赵,随后又应征赴长安、暂居淇上为限,可分为两个阶段。前一阶段定居其地,他说:"余亦悏所从,渔樵十二年,种瓜漆园里,凿井卢门边"(《途中酬李少府赠别之作》)。其实,这一时期他并非真忘情世事,而是"弱冠负高节,十年思自强"(《鲁郡途中遇徐十八录事》),在孜孜攻读,以求仕途再进;济世之心也无时不耿耿在怀:"万事切中怀,十年思上书"(《苦雨寄房四昆季》)。

　　开元十八年(730)五月,契丹大臣可突干杀其王,率国人并胁奚众

---

　　① 《旧唐书》本传作此。渤海为郡,蓚为其属县,乃汉代建置,故知本传系题郡望。考高适诗文,其里籍当为洛阳。

背离唐朝，降附突厥。唐于是在关内、河东、河南、河北分道征兵，兴师出击。这时，正落魄失意的高适，遂想赴东北边塞，争取边地立功以求出路。开元二十年正月，唐以朔方节度副大使信安王李祎为河东河北行军副大总管，帅兵击奚、契丹。三月，获大胜。当时高适已去到信安王幕府，作有《信安王幕府诗》，述及此役。他想入幕从戎，未能如愿。此后两年，继续浪游燕赵，结果是"北路无知己"（《送魏八》），失意而归。这期间高适以亲身的经历和体验，写了一些反映边塞情况的名作，如《塞上》《蓟门五首》等。更重要的是这一段浪游失意的生活，使他广泛地接触了社会现实，对他以后的思想和创作产生了深远的影响。

据《酬秘书弟兼寄幕下诸公》诗序："乙亥岁，适征诣长安"云云，可知开元二十三年高适又曾应征长安，但仍落第而归。这次失意，无疑更增加了他的不平。他在长安逗留了一段时间，于开元二十四年秋在淇上置别业暂居。约于开元二十五年底或二十六年初返回宋中，从此开始了客居梁宋的第二阶段。

高适客居梁宋的第二阶段，与前阶段不同，不是定居，曾几度外出。开元二十七年至二十九年曾出游相州魏郡，天宝四载（745）至六载又曾旅居东平。值得特别提起的是，高适在天宝三载至五载间，曾两度与李白、杜甫相聚，同游梁宋、齐鲁。这是诗歌史上难得的一次兴会，他们一起抒志言怀，赋诗论文，不仅建立起深厚的友谊，在创作上也得到观摩切磋的机会。确如杜甫《遣怀》所说："昔我游宋中，惟梁孝王都。……忆与高李辈，论交入酒垆；两公壮藻思，得我色敷腴。"

天宝八载（749）夏，高适经睢阳太守张九皋荐举，中有道科，授封丘县尉，自此开始了仕宦生涯。次年冬，以封丘尉职北使清夷军（在妫州城内，属范阳节度使）送兵，转年春天归。又过了一年，约于天宝十一载夏秋之间辞去官职。高适在任封丘县尉期间，心中始终交织着理想与现实的矛盾。官卑职微，使他手脚局促，感到难以有所作为，实现自己的济世之志。他深深慨叹："州县徒劳那可度"(《同陈留崔司户早春宴蓬池》)！这种心情在北使送兵时也有所表露："登顿驱征骑，栖遑愧宝刀。远行今若此，微禄果徒劳。"(《使清夷军入居庸三首》)而污浊、残酷的"吏道"，更使他不堪忍受，他说："揣摩惭黠吏"(《封丘作》)，又说："拜迎官长心欲碎，鞭挞黎庶令人悲"(《封丘县》)。因此最终辞官是很自然的。

高适辞封丘尉后，于天宝十一载秋去到长安，曾与杜甫等故交重会同游。不久，得到田梁丘推荐，为陇右节度使哥舒翰表为左骁卫兵曹，兼掌书记，遂赴河西就任。高适这次出塞，虽然是"饥鹰未饱肉，侧翅随人飞"(杜甫《送高三十五书记》)，但毕竟是比较得意的，他自以为遇上知己，说："浅才登一命，孤剑通万里。岂不思故乡，从来感知己"(《登陇》)。从此在仕途上开始腾达。

天宝十四载(755)冬，安史之乱爆发。当时哥舒翰病废在家，被征用平乱。高适也授为左拾遗，转监察御史，佐哥舒翰守潼关。唐肃宗至德元载(756)，高适又被命为淮南节度使讨永王李璘的叛乱，接着又参加平安史之乱。乾元元年(758)遭李辅国谗，降官太子詹事。次年授为彭州刺史。上元元年(760)转任蜀州刺史。代宗宝应元年(762)任成都尹，次年又迁任剑南节度使。直到广德二年(764)，才离开西蜀，被召回长安，用为刑部侍郎，转散骑常侍，进封渤海县侯。转过年，永泰元年(765)就死去了。高适的晚境，诚如《旧唐书》本传所说："逢时多难，以安危为己任"，任职蜀中时虽无显著政绩，但"政存宽简，吏民便之"。

高适的创作，以诗为主，大致以入哥舒翰幕府为限，分为前后两个时期。主要成就，集中于前期。

在入哥舒翰幕府之前，高适在政治上一直是失意的。虽然一度出仕，但官位低下。这使他敢于面对现实，揭露矛盾。而长期的浪游生活,又使他广泛深入社会,特别是接触了下层人民。所以高适前期的创作比较饱满,生活基础比较雄厚,思想境界也比较高。

高适是以边塞诗著称的,他的具有丰富社会内容与较高思想价值的边塞诗主要产生在前期。这些诗是有关东北边境的。当时那里的战争是由契丹统治者起衅的。由于战争的这种情况和作者怀才不遇的处境,这些诗具有下述特点:首先,表现了作者坚决抵御侵犯的愿望和希冀为国建功的豪情壮志;其次,常常议论边策,慨叹由于边防失策和边将无能,致使战事连年不息。他反对消极抵抗,苟且偷安,力主选用良将,优遇士卒,以求彻底根除边患。复次,较注意反映戍卒的生活和思想感情,或歌颂他们英勇杀敌的气概,或表现久戍思归的哀怨,更重要的是高适还以极大的同情写出他们所遭受的非人待遇。作者往往在同时创作的一组诗中(如《蓟门五首》),乃至一首诗中(如《燕歌行》),表现出战士复杂甚至是矛盾的思想感情。这正是现实矛盾的深刻反映:敌人的侵犯,激发起战士的爱国情感,因而奋起抗击。但由于边策失当,战事久久不能结束,兵困民敝("身当恩遇常轻敌,力尽关山未解围"),再加上军中存在阶级压迫,苦乐悬殊("战士军前半死生,美人帐下犹歌舞"),不能不使战士们感到悲愤寒心。高适反映了这些矛盾,对战士寄予深切的同情,着意为他们鸣不平。

在反映民生疾苦方面,高适是盛唐诗人中比较突出的一个。这类诗也都是在前期创作的,与高适接触社会下层的生活经历和同情人民的济世志向紧紧联系在一起,从而决定了这类诗作的深刻性。这类诗固然常与天灾连在一起写,但是他并没有把人民的苦难仅仅归结为自然灾害的原因,常常是作为社会问题提出的。他不可能从根本上揭露在封建制度下农民受剥削压迫的实质,但触及到一些现象,批评到时政、吏治以及具体制度的得失。他反对土地兼并,反对过重的压榨,反对"鞭挞黎庶",主张抑兼并,归逃亡,"观黎庶心"而"抚之",不夺农时，让人民"皆贺蚕农至，而无徭役牵"（《过卢明府有赠》）。高适的这些诗，在盛唐时创作出来，有它特殊的意义，表明即使所谓封建"盛世"，也不可能从根本上解决社会矛盾，在客观上起着揭露作用。

在高适前期的诗里，感慨怀才不遇的主题占相当大的比重。这些诗虽多表现为朋友间的赠答形式，却不是一般世俗的客套、应酬，而是真挚情怀的流露，并有着深刻的思想意义。如《别韦参军》、《效古赠崔二》、《淇上酬薛三据兼寄郭少府微》等诗，都揭露了腐朽的贵族特权统治，反映了上层社会世态的浇薄，代表了下层正直士人的思想情绪。当然也应指出，高适的这类诗中，思想较为复杂，济世之志往往与汲汲追求个人功名联系在一起，失意的感慨又往往杂有消极出世的念头，其与权贵和世俗的对立，也不如李白那样强烈。

高适入哥舒翰幕府，是他仕途升迁的起点，却是他创作上走下坡的开端，从此进入创作后期。

高适在哥舒翰幕府期间，又写了一些边塞诗，但思想内容有了明显的变化。要对他的这些诗作出恰切的评价，不能不先弄清当时西境战争的性质和边将哥舒翰的功过。当时唐和吐蕃军事冲突的性质是十分复杂的，有积极防御、安定西边的一面，也有好大喜功、穷兵黩武的一面，从总的倾向看，前一方面是主要的。至于哥舒翰，自天宝六载任陇右节度使以后，抵御吐蕃的内侵，颇见成效，边地人民因而称颂道："北斗七星高，哥舒夜带刀。至今窥牧马，不敢过临洮！"（《哥舒歌》）但他不像前任王忠嗣那样采取比较稳妥的防御政策，每常迎合最高统治者穷兵黩武、轻妄用兵的口味，以邀功求爵。如天宝八载以很大的伤亡代价攻取石堡城一战，就带有这种性质，正如李白《答王十二寒夜独酌有怀》中所说："西屠石堡取紫袍"。因此，无论对当时的战争，或对哥舒翰本人，正确的态度应该是具体分析，弄清是非功过。如杜甫就是这样做的，他的《前出塞九首》，对当时战争的看法就很明确，在态度上褒扬与批评兼而有之，反映了战争矛盾复杂的实际情况。杜甫对哥舒翰也不是一片赞扬声，对其轻率用兵是有疑虑和微词的，如《送高三十五书记十五韵》中嘱咐高适说："崆峒小麦熟，且愿休王师，请公问主将（指哥舒翰），焉用穷荒为？"而高适此期的边塞诗中，则绝无这种全面的观点，听不到一点批评的声音。

高适在哥舒翰幕府任职时比较得意，生活地位和思想感情与前期在东北边塞时迥异，这使他听不到战士的呼声，也看不到军中的腐朽面，更谈不上在作品中加以反映了。他的着眼点在上层方面，多写一些大小将领。作品偏重于表现满怀希望立功边疆的豪情壮志和进取精神：

> 结束浮云骏，翩翩出从戎，且凭天子怒，复倚将军雄。……万里不惜死，一朝得成功。画图麒麟阁，入朝明光宫。大笑向文士，一经何足穷！
>
> ——《塞下曲》

这首诗可以作为高适后期边塞诗的代表作，反映了他当时创作的主调。像这样一类诗，含有为国立功的思想，表达了开朗激昂的情绪，是高适后期边塞诗的主要成就所在。但是这一时期，由于得到边将赏识，个人功名心遂有较大发展；由于地位上升，广大人民和士兵对战争的态度，他也不大容易觉察了。这使他常常不能保持冷静的头脑，因而在一些诗中出现了不分是非善恶、盲目歌功颂德的情况。如《九曲词》，在歌颂战功时，也夹杂着对追求爵禄的庸俗捧场；又如《李云南征蛮诗》，竟歌颂了一场非正义的战争。这是高适后期边塞诗中的消极面。

此后高适又经历了安史之乱。这一时期，他的诗中虽不乏忧国忧民之情，某些诗如《酬河南节度使贺兰大夫见赠之作》、《酬裴员外以诗代书》等，也还能对那个动荡的年代作一些反映，但总的看来，无论数量或质量,高适这一时期的创作是与时代不相称的。造成这种情况,固然有多方面的原因,如忙于政务等等,而最主要的,恐怕是他身居高官,浮在上层,未能把自己的创作深深植根于现实社会的土壤之中。正是思想和生活的局限,使高适的创作出现了这样一个不景气的尾声。

二

岑参(715—770),江陵人,出身于官僚地主家庭。《感旧赋》序说:"国家六叶,吾门三相矣。"他的曾祖父文本、伯祖父长倩、堂伯父羲都做过宰相。羲相睿宗,于唐玄宗开元元年(713)得罪伏诛,亲族被放逐略尽,从此家道中衰。他父亲岑植,做过仙、晋二州刺史。岑参幼年丧父,从兄受业。家庭境遇的变化对他的思想有不少影响,使他幼年便自砥砺,立志获取功名,重整沦落的"世业"。他"五岁读书,九岁属文,十五隐于嵩阳,二十献书阙下"(《感旧赋》序),此后十年,曾出入京、洛,往游河朔,为出仕而奔波,结果一无所获。家门昔荣今悴的巨变和个人求官不遂的遭遇,使他感到"世路崎岖",人生翻复,于是一度隐居终南。但其时追求功名的思想仍较强烈。天宝三载(744)应举及第,授右内率府兵曹参军。授官后因官卑职微、不被重用,感到苦闷。天宝八载(749)出塞,这以前他的创作可划为"早期"。

岑参早期的诗歌,有不少是以慨叹仕途失志为主题的。就是他这一时期作的写景、赠答和表现隐居生活的诗,也往往或多或少地带有这种内容。总的说来,岑参早期诗歌的社会内容比较贫乏,但在艺术上,他的写景之作取得了一定的成功,已开始形成自己的风格。岑参的写景诗善于刻划一种奇特变幻的境界。例如:

> 诸峰皆晴翠,秦岭独不开。……东南云开处,突兀猕猴台。崖

口悬瀑流,半空白皑皑。喷壁四时雨,傍村终日雷。

>   ——《终南云际精舍寻法澄上人不遇归高冠东潭石
>   淙望秦岭微雨贻友人》

雷声傍太白,雨在八九峰,东望白阁云,半入紫阁松。

>   ——《田假归白阁西草堂》

又如:"涧花然暮雨,潭树暖春云"(《高冠谷口招郑鄠》);"孤灯然客梦,寒杵捣乡愁"(《宿关西客舍寄东山严许二山人时天宝初七月初三日在内学见有高道举征》);"涧水吞樵路,山花醉药栏"(《初授官题高冠草堂》)等,无不显露出语求奇警的特色。殷璠《河岳英灵集》称:"岑诗语奇体峻,意亦造奇。"《河岳英灵集》选的是天宝十二载以前诸家的作品,那时岑参的边塞诗尚未大量创作和流传,此集中也一首未录,所以这一评语主要当是针对岑参早期的作品而发的(当然也兼指天宝十一、二载居长安时的作品,但此一期间的作品和早期的作品在艺术风格上并无差异)。这样评定早期岑诗的特点是恰当的。

自天宝八载到至德元载(756),是岑参创作的"中期"。这一时期他前后两度出塞,中间二、三年居长安。第一次出塞是天宝八载冬至十载夏在安西,任安西节度使高仙芝僚属。关于岑参出塞的目的,《初过陇山途中呈宇文判官》说:"万里奉王事,一身无所求,也知塞垣苦,岂为妻子谋!"诗人有安定边疆、为国立功的壮志,但是另一方面,他的出塞也不可能不夹杂有求取个人功名富贵的目的,如《银山碛西馆》说:"丈夫三十未富贵,安能终日守笔砚!"这次出塞,由于诗人不习惯边地的荒凉景象和艰苦生活,加上感到自己在塞外也和在长安一样不得意(《安西馆中思长安》说:"弥年但走马,终日随飘蓬。寂寞不得意,辛勤方在公。"),所以情绪比较低沉,这对他这个期间的创作必然产生影响。

这个期间的诗歌有的表现为国从军的豪迈精神,有的反映诗人的苦闷,而表现得最多的则是边地的风光和诗人自己的思乡情绪。有的诗着意描写火山、雪海、沙漠、白草等祖国边疆的奇异风光,这不仅为过去的诗歌所未曾描写过,也为"古今传记所不载"(宋许颢《彦周诗话》)。有的诗则更多地表现边地的荒凉景象,如"今夜不知何处宿,平沙万里绝人烟"、"试登西楼望,一望头欲白"等。在思乡诗中,个别篇章思想开朗,感情纯真,完全没有同类作品中惯有的愁绪(如《忆长安曲二章寄庞漼》等);有的虽然和泪而吟,感情却很深挚动人(如《逢入京使》、《西过渭州见渭水思秦川》等);还有的把乡愁和个人的失志、绝域的荒凉结合在一起,情调较为凄凉(如《碛中作》、《武威春暮闻宇文判官西使还已到晋昌》等)。这些思乡诗的特色是情真意切、朴素自然。总的说来,岑参这一期间的诗歌,情调不十分高昂。

天宝十载秋岑参自边地归京,仍任微官,颇不得意,曾僻居终南,过了二、三年半官半隐的生活。这一阶段的创作和早期大致相同,值得提出的仍为写景之作。如《终南双峰草堂作》:

> 崖口上新月,石门破苍霭。色向群木深,光摇一潭碎。

它写出了幽美的终南月色。着一"破"字,使我们感受到在明亮的月光下,石门谷劈开苍茫的云雾而挺立的高大形象;着一"碎"字,又使我们想象到月下的水潭犹如一面闪闪发光的镜子,微风涟漪,镜面破碎。

第二次出塞是天宝十三载(754)夏秋间至至德元载在北庭,为安西、北庭节度使封常清僚属。这次出塞,情况和第一次有些不一样,首先,他已经历过边塞征战生活的磨炼,其次,这时的主帅封常清原是岑参在安西幕府任职时的同僚,诗人自觉受到了他的赏识和知遇,因此情绪比较开朗和昂扬,如《北庭西郊候封大夫受降回军献上》说:"何幸一书生,忽蒙国士知。侧身佐戎幕,敛衽事边陲。自逐定远侯,亦着短后衣。近来能走马,不弱并州儿。"他的那些最著名的七言歌行,全都是在这个期间创作的。

这个时期的诗歌,有的充满激昂情绪,歌颂了边防将士英雄豪迈的战斗生活。如《走马川行奉送出师西征》,以边塞壮丽风光的描绘,有力地衬托了边防将士的英雄气概。"轮台九月风夜吼,一川碎石大如斗,随风满地石乱走"渲染了飞沙走石的自然环境,然而这样的困境丝毫阻挡不住战士们前进;"将军金甲夜不脱,半夜军行戈相拨,风头如刀面如割。马毛带雪汗气蒸,五花连钱旋作冰,幕中草檄砚水凝"等句,以写严寒来反衬将士们不畏严寒的顽强战斗意志。有这样的将士,怎能不使敌人丧胆:"虏骑闻之应胆慑,料知短兵不敢接。"终篇豪气洋溢,令人振奋。再如《轮台歌奉送封大夫出师西征》热烈地歌颂了出征时军容的壮盛和士气的高涨。这类诗歌,格调高昂,气势雄壮,能够激发人们奋勇昂扬的精神,给人以巨大的鼓舞力量。

这个时期的诗歌和第一次出塞时一样,也描绘了祖国边疆的奇异风光,不同的是,较少表现边地的荒凉,而更多地在写景中寄寓豪情壮志,倾注了作者热爱边疆的深厚感情。试看茫茫的沙漠、无边的积雪,在作者的笔下是何等壮丽奇伟:"君不见走马川行雪海边,平沙莽莽黄入天!""北风卷地白草折,胡天八月即飞雪。忽如一夜春风来,千树万树梨花开。"由于诗人对边疆充满感情,把边疆视为自己实现壮志的场所,所以在他的笔下,那里的风光往往显得那样引人入胜。

这期间的诗歌还广泛地反映了边地的生活和习俗。如《北庭贻宗学士道别》表现从军士人失志的怨望之情;《玉门关盖将军歌》反映边将生活的奢华;《赵将军歌》、《胡歌》等描写"蕃王"和汉将共同娱乐,关系融洽;《首秋轮台》等表现了边地的风习;《田使君美人如莲花舞北旋歌》等描写了边疆优美的音乐和舞蹈,等等。此外,也应当指出,岑参这个期间还曾写过少数庸俗地颂扬主帅功名的诗歌。

岑参"早期"诗歌所显露出来的语奇、意奇的特色,在边塞之作中有了进一步的发展、变化。首先，边塞之作更加奇特峭拔、"度越常情"，像"都护宝刀冻欲断"，"马汗踏成泥，朝驰几万蹄"等，想象的奇特，令人惊异。其次，早期诗歌由于"情不足"，往往奇得有些"巧"，边塞之作则不然，它感情饱满，奇得扎实、有力，善于在真切的生活体验的基础上发挥想象力。如"容鬓老胡尘，衣裳脆边风"（《北庭贻宗学士道别》）；"还家剑锋尽，出塞马蹄穿"（《送张都尉东归》）；"白草磨天涯，胡沙莽茫茫"（《武威送刘单判官赴安西行营便呈高开府》）；"看君走马去，直上天山云"（《醉里送裴子赴镇西》）等，都能从实中求奇。第三，边塞之作除"奇"之外，更有"壮"的一面，陆游《夜读岑嘉州诗集》说："公诗信豪伟，笔力追李杜。"其他人亦往往以"壮"、"悲壮"、"雄浑"来评岑诗，都是指他的边塞诗说的。这豪伟雄壮的特色正是岑参早期诗歌所未曾具备的。应当指出，岑诗发展变化的趋向，总的说来是由"奇"转向"奇壮"，并在第二次出塞时，最终完全形成奇壮的风格。

岑诗于奇壮之中又有俊丽的一面。试以《白雪歌送武判官归京》为例。开头二句写风力的强劲，很有气势。接着笔锋一转，出人意料地用"忽如一夜春风来，千树万树梨花开"的句子来形容雪景，使人觉得奇丽之极，耳目一新。下面写雪后的奇寒，挥洒之中有细描。结尾数句写惜别之情，很含蓄、俊拔。再如《天山雪歌送肖治归京》也可以说明这个特点。

岑参的边塞诗所以能具有较高的艺术成就，是由于他怀抱为国立功的壮志，有边塞生活的切身体验，还由于他在艺术上"用心良苦"（《唐才子传》），努力下过提炼工夫。沈德潜《说诗晬语》："古人不废炼字法，然以意胜而不以字胜，故能平字见奇，常字见险，陈字见新，朴字见色。近人挟以斗胜者，难字而已。"岑参所有杰出的诗篇正是炼意、炼字兼施，而又以炼意为主的。

岑参最擅长七言歌行，这在早期创作中已开始表现出来（如《青门歌送东台张判官》等），在中期的边塞诗中则获得更大的成就。他的七言歌行用韵灵活多变，韵调与诗歌的内容十分协调。例如《走马川行奉送出师西征》一诗，句句用韵，每三句一转韵，读起来三句一气而下，急促铿锵，与诗歌高亢的情调极为谐和。

岑参大约于至德二载（757）自北庭东归，这以后他的创作进入"晚期"。他最初到凤翔，被杜甫等人举荐，授右补阙。当时安史之乱尚未平息，为了匡救国家的危难，他尽心谏职，"频上封章，指述权佞"（杜确《岑嘉州诗集序》），然而"谏书人莫窥"，一个小小谏官的意见，并不被上层统治者看重，所以诗人精神苦闷，情绪低沉，《西掖省即事》说："官拙自悲头白尽，不如岩下偃荆扉。"乾元二年（759），他被贬为虢州长史，"州县琐屑"，怀抱更不得施展，常常郁郁寡欢。此后，曾入为郎官，但这种思想状态并没有太大改变。大历元年（766），岑参入蜀，初为剑南西川节度使杜鸿渐僚属，后转嘉州刺史。在任职期间，他一方面感到"终日不得意"，另一方面又仍有建立功业的愿望（如谓"功业岂暂忍"）。大历三年，他秩满罢官，这种愿望不得实现，心中充满愤懑与辛酸，曾说："不意今弃置，何由豁心胸"（《东归发犍为至泥溪舟中作》）；"莫言圣主长不用，其那苍生应未休"（《客舍悲秋有怀两省旧游呈幕中诸公》）。罢官后东归不遂，大历四年岁末卒于蜀中。

总的说来，岑参"晚期"虽有为国靖难的壮志，但又跳不出个人的圈子，所以当遭遇挫折、壮志无法实现的时候，思想便往往变得消沉起来。正因此，使得他"晚期"的诗歌成就不高、情况与"早期"并无太大差异。当然，由于他怀抱不得施展，对朝政有所不满，也曾写出一些直接反映现实的诗篇。例如《潼关镇国军句复使院早春寄王同州》一诗揭露朝廷用非其人，"承恩""诸将"寻欢作乐，不事征战，而"儒生有长策"，却"闭口不敢言"。《送张秘书充刘相公通汴河判官便赴江外觐省》一诗则指斥权贵把持朝政："何处路最难？最难在长安！长安多权贵,珂珮声珊珊。儒生直如弦,权贵不须干。"再如《行军二首》、《送狄员外巡按西山军》、《阻戎泸间群盗》等也都反映了一定的现实问题。这些诗虽然可贵,但可惜数量不多,在"晚期"诗中只占很小的比重。

写景之作在岑参"晚期"诗中仍是值得注意的。他"谪官"虢州时,虽很苦闷,却也常抱着"及兹佐山郡,不异寻幽栖"(《虢州郡斋南池幽兴因与阎二侍御道别》)的态度,着意地去歌咏自然景色的美,如:

> 使君五马天半嘶,丝绳玉壶为君提。坐来一望无端倪,红花绿柳莺乱啼,千家万井连回溪。

> ——《西亭子送李司马》

岑参在蜀中也创作了不少写景诗,着力刻划巴山蜀水的奇异,如写剑门山势的险峻:"速驾畏岩倾,单行愁路窄"(《入剑门作寄杜杨二郎中时二公并为杜元帅判官》);曲折江岸的奇峰:"江回两岸斗,日隐群峰攒。"(《早上五盘岭》);水的浩渺:"始知宇宙阔,下看三江流。天晴见峨眉,如向波上浮。"(《登嘉州凌云寺作》);江的澄澈:"峨眉烟翠新,昨夜秋雨洗。分明峰头树,倒插秋江底"(《峨眉东脚临江听猿怀二室旧庐》)等等,都清新而奇特,富有审美价值。

三

在盛唐诗人中,高适和岑参在艺术上的关系,颇象王维和孟浩然:都是在一个总的艺术风格下,放出各自的异采;或者说,以各自的创作风貌,构成同一个流派。所以他们向来被并称为"高、岑",常常在艺术上被合在一起品评。作为二人的知交,杜甫就曾说过:"高岑殊缓步,沈鲍得同行。意惬关飞动,篇终接混茫。"(《寄彭州高三十五使君适虢州岑二十七长史参三十韵》)宋严羽对他们的风格更有简明的概括:

"高、岑之诗悲壮,读之使人感慨。"(《沧浪诗话·诗评》)从此,"悲壮"便成了定评。元辛文房说岑参"诗调尤高……与高适风骨颇同,读之令人慷慨怀感。"(《唐才子传·岑参传》)这里也含悲壮之意。明胡应麟说:"高岑悲壮为宗"(《诗薮》内编卷二),①直袭严说。我们觉得用"悲壮"来概括高、岑诗歌的共同风格,的确是抓住了主要精神。

高、岑这种共同风格的形成,并非偶然,而是有文学发展的时代因素和他们的个人因素作为基础的。

初唐诗坛,还不免受齐梁浮靡诗风的影响。到初唐后期,陈子昂反映时代要求,标榜"汉魏风骨",诗风才有了进一步扭转。至盛唐时,这个诗歌革新运动,才卓见成效,最终完成。如殷璠说:"开元十五年后,声律风骨始备矣。"(《河岳英灵集序》)杜确说:"开元之际,王纲复举,浅薄之风,兹焉渐革。其时作者凡十数辈,颇能以雅参丽,以古杂今,彬彬然,粲粲然,近建安之遗范矣。"(《岑嘉州诗集序》)高适、岑参正是为这个文学潮流所促成的两个有突出成就的诗人。关于他们在文学发展中的历史联系,胡应麟说得最为清楚:"唐初承袭梁、隋,陈子昂独开古雅之源。……盛唐继起,……高适、岑参、王昌龄、李颀、孟云卿,本子昂之古雅,而加以气骨者也。"(《诗薮》内编卷二)

仅仅看到这一面,还不能完全说明问题,王维、孟浩然与高、岑同时,何以风格迥异,如胡应麟所说:"王、孟闲澹自得,高、岑悲壮为宗"?这就不能不考虑到他们的个人因素。所谓个人因素,主要是指出身、教养、生活经历、思想、气质等等。高、岑二人,在这些方面有许多共同处值得我们注意:第一,他们都是早岁孤贫,在社会上受到不少冷落,心怀不平之气。第二,一般说都是怀抱理想,积极用世,在仕进道路上虽几

---

① 《诗薮》此语仅就五言古体而言,然而用来说明他们诗的总风格也是恰当的。胡氏又在外编卷四称"高、岑之悲壮",正是对其整个创作而言的。下引用《诗薮》语,多仿此,不一一注明。

经挫折,始终不甘寂寞。第三,都有边塞立功之志,曾周旋于幕府,从军边疆,亲自体验过豪壮、艰苦的军旅生活。所有这些自然不能不在他们的诗歌上留下标记,表现出"悲壮"的特色。

高、岑诗歌,在共同风格之下,又表现出各自的特点,这主要有以下几方面。

首先,从格调上看,高诗是在沉郁顿挫中以见豪迈,气势内蕴;而岑诗则是在骏爽、流畅中以见奔放,气势外露。如果我们把他们的诗(特别是古体诗)作一些比较,这种差别是会看得很清楚的。

其次,高、岑虽都是抒情诗人,但在表现方法上,高适多是夹叙夹议,直抒胸臆,而岑参则是长于描写,多寓情于景。前人就已看出这一点,如殷璠以为"适诗多胸臆语"(《河岳英灵集》);元陈绎以为"高适诗尚质主理,岑参诗尚巧主景"(《诗谱》)。

高适直抒胸臆,并不是赤裸裸地表达思想,而是以饱和着感情的语言,率直地表现他的深刻感受,诗的感染力很强,自我形象也非常鲜明。高适最善于披露自己的胸襟,例如:"惆怅闵田农,徘徊伤里闾;曾是力井税,曷为无斗储?万事切中怀,十年思上书,君门嗟缅邈,身计念居诸。"(《苦雨寄房四昆季》)"吾谋适可用,天路岂寥廓!不然买山田,一身与耕凿。且欲同鹪鹩,焉能志鸿鹄!"(《淇上酬薛三据兼寄郭少府微》)"未知肝胆向谁是,令人却忆平原君。"(《邯郸少年行》)"拜迎官长心欲碎,鞭挞黎庶令人悲。"(《封丘县》)等等,无不淋漓尽致。他也善于体贴入微地揭示别人的内心世界,如"远途能自致,短步终难骋。羽翮时一看,穷愁始三省。"(《同吕员外酬田著作幕门军西宿盘山秋夜作》)又如"相看白刃血纷纷,死节从来岂顾勋?君不见沙场征战苦,至今犹忆李将军。"(《燕歌行》)可谓心心相印,如吐己怀。高诗叙述和议论的语言,也多带着强烈的感情,总是鲜明地流露着自己的态度。如"战士军前半死生,美人帐下犹歌舞。"(《燕歌行》)"我辈今胡为?浩

15

哉迷所至。缅怀当途者,济济居声位。邈然在云霄,宁肯更沦踬!……我惭经济策,久欲甘弃置,君负纵横才,如何尚颠顿!"(《效古赠崔二》)愤愤不平之气,溢于言表。总之,读高诗,处处会觉到作者感情的激荡。

高诗写景之笔不多。岑诗几乎每首都或多或少有点景物描写。岑诗寓情于景的特点,是非常明显的,例如《白雪歌送武判官归京》、《走马川行奉送出师西征》等诗关于边地奇异景物的描绘,无不与戎马生活的豪情壮志联系着。再如《送李翥游江外》:"匹马关塞远,孤舟江海宽。夜眠楚烟湿,晓饭湖山寒。"写旅途孤独凄凉之情,尽在景色描写中。高适当时也有诗送行,他是这样写的:"愁临不可向,长路或难前。吴会独行客,山阴秋夜船。"(《秦中送李九赴越》)这是何等鲜明的两种笔法!

即使同是写景,二人也不同。高诗不重具体描绘,而是偏重在表现感受的一面,主观的色彩很浓。如"石激水流处,天寒松色间"(《入昌松东界山行》);"苍茫远山口,豁达胡天开"(《自蓟北归》);"溪冷泉声苦,山空木叶干"(《使清夷军入居庸》)等等,都是如此。至于二人登慈恩寺塔同赋之诗,更是一对现成的比较例证。写人物也与此类似,如高诗:"意气能甘万里去,辛勤动作一年行"(《送浑将军出塞》),是直探心曲;而岑诗:"容鬓老胡尘,衣裳脆边风"(《北庭贻宗学士道别》),则是写貌以见情。

由于这种表现方法的不同,再加上在想象、构思方面高适质实,岑参瑰奇,所以他们的诗给人的印象也就不同:高诗浑浩,读来如沈德潜评汉魏诗所说的:"浑浑灏灏,元气结成,乍读之不见其佳,久而味之,骨干开张,意趣洋溢"(《唐诗别裁集例言》);而岑诗峭拔,读来不时使人惊心动魄。

最后,在接受文学遗产的影响方面,高、岑也表现出差别。总的说来,他们同样继承了"汉魏风骨",同时也吸收了六朝以来诗歌发展所取得的积极成果,融会贯通进行独创,达到了"声律风骨"兼备的时代要求。但是,他们接受遗产又是各有所侧重:高诗直追汉魏的特点比较显明,岑诗则较多熔铸了六朝以来近体诗的成就。杜甫说高适"方驾曹(植)刘(桢)不啻过"(《奉寄高常侍》),说岑参"谢朓每篇堪讽诵"(《寄岑嘉州》),并非随意比喻、称道,这里面包含着准确的评价,说明他们跟历史传统的关系。胡应麟说:"高黯淡之内,古意尤存;岑英发之中,唐体大著。"(《诗薮》内编卷二)王世贞说:"岑气骨不如达夫遒上,而婉缛过之。"(《艺苑卮言》)也都说明二人在接受传统影响方面的差异。

诗歌形式发展到盛唐,出现百川归海之势,各体皆备。高、岑以他们个人的创作反映了这一特点。他们的诗各类体裁皆有佳篇,因此在各种诗体的继承和发展中,都作出一定的贡献。高、岑七言歌行的成就最高,在这方面,接受了以"壮丽豪放"及"俊逸"见称的鲍照的较为直接的影响,并进一步扩大了这一体裁,除了抒情之外,还引进了描写和叙事的成分。

高、岑诗歌的成就,如果从思想性和艺术性全面考察,确如王世贞所言,"一时不易上下",可以说是唐诗百花园中竞相辉映的两朵奇葩。但是,不能否认,岑参在艺术上的创造性,要比高适突出。这主要表现在奇特的想象、构思和鲜明的形象描写方面。岑参的创造性,使他的诗更富有艺术个性,因而对后世的影响也就更大一些。

四

今存高诗约二百四十首,岑诗约四百首,本书共选入一百三十四首(高适五十八首,岑参七十六首),约占两人全部作品的五分之一。入选的诗,兼顾思想性和艺术性,兼顾各种内容、体裁以及各个时期的作品,希望能从各个方面来反映高、岑诗歌的主要成就。在照顾全面的同时,也考虑到突出重点,以使读者对高、岑的作品有一个比较鲜明的印象。

入选的诗,按写作年代的先后排列。对作品的写作年代,均在各诗的第一条注释中分别说明。但限于篇幅,未能详述编年的依据。无法考定其具体写作年代的诗,则根据我们的理解,给安排一个大致的位置。

本书注释,力求详明,典故都注明出处(有的直引原文)。为了帮助读者领会诗意,除难解之句加串讲外,各首诗又分别作了题解(见于第一条注释)。

入选的诗歌,都作了校勘。高适部分,以四部丛刊影印明活字本为底本,校以:(一)《高适诗集》(敦煌写本照片,校记中简称"敦煌集本");(二)《诗选》(敦煌写本照片,简称"敦煌选本");(三)明抄本《高常侍集》十卷(残存前五卷,简称"明抄本");(四)清初影宋抄本《高常侍集》十卷(简称"清影宋抄本");(五)明仿宋刻本《高常侍集》十卷(简称"明仿宋刻本");(六)明嘉靖黄淳刻本《高常侍集》二卷(《十二家唐诗》中的一种,简称"黄本");(七)明许自昌刻本《高常侍集》二卷(《前唐十二家诗》中的一种,简称"许本");(八)《全唐诗》。岑参部分,以四部丛刊影印明正德十五年熊相济南刊本为底本,校以:(一)宋刻本《岑嘉州诗》八卷(残存前四卷,简称"宋刻本");(二)明抄本《岑嘉州诗集》八卷(简称"明抄本");(三)明刻本《岑嘉州集》八卷(有清吴慈培、近人周叔弢朱墨笔校,简称"吴校"、"周校");(四)明正德庚辰谢元良刻本《岑嘉州诗》八卷(简称"谢刻本");(五)明铜活字本《岑嘉州集》八卷(简称"明铜活字本");(六)明万历刊本《岑参集》一卷(《唐十二家诗》中的一种,署"关中李本芳元荣校",简称"李校本");(七)明许自昌刻本《岑嘉州集》二卷(《前唐十二家诗》中的一种,简称"许本");(八)《全唐诗》。此外,两人入选的诗歌,还曾校以《唐人选唐诗》、《文苑英华》、《唐文粹》、《唐诗纪事》、《乐府诗集》、《唐百家诗选》、《唐诗三集合编》等书。

凡改动底本文字,一般都在注中作校记说明(明显误字,则径据别本改正,不复作校记)。对各本具有一定参考价值的异文,均择要在校记中加以反映。作校记时,有数本文字相同者,仅举出一、二本作代表。校记不单列项目,并入注文之中。

本书是一九六二年我们在北大中文系古典文献专业研究生班学习时共同编注的。选目经集体讨论确定,校勘、注释则分头进行,其中高诗部分由孙钦善、武青山负责,岑诗部分由陈铁民、何双生负责。全部注稿又经四人互相审阅修改。编选注释过程中,曾得到阴法鲁、陈贻焮两位先生的不少帮助,特别是阴法鲁先生,曾审阅过全部注稿,谨在此表示衷心的感谢!

本书完稿后,搁置多年,这次出版,我们又作了若干修改。但限于我们的学识水平,书中恐怕还会有不少错误。对此,希望专家和读者不吝赐教。

孙钦善　陈铁民

何双生　武青山

一九八一年十月

高　适

行路难二首[1]

长安少年不少钱，能骑骏马鸣金鞭[2]。五侯相逢大道边，美人弦管争留连[3]；黄金如斗不敢惜，片言如山莫弃捐[4]。安知颙顿读书者，暮宿灵台私自怜[5]！

〔1〕这两首诗当为高适二十岁（开元八年，公元720年）游长安时所作。诗中慨叹富家权贵勾结操权，清寒士人不事干谒，纵有才智，也不免沦落。《行路难》，乐府古题，属杂曲歌辞。《乐府诗集》卷七十引《乐府解题》曰："《行路难》备言世路艰难及离别悲伤之意，多以'君不见'为首。"

〔2〕长安少年，指京都的豪侠少年。这两句写长安富家子弟尚武任侠。

〔3〕五侯，西汉成帝河平二年（公元前27年），封外戚王谭为平阿侯、王商为成都侯、王立为红阳侯、王根为曲阳侯、王逢时为高平侯，五人同日受封，当世称为五侯。事见《汉书·元后传》。东汉受封为五侯者尚有几起，后世因以泛指权贵。这两句说富家子弟与权贵相逢，争与留连声色。

〔4〕上句表面写其轻财，着一"敢"字，又有不得不轻财之意；下句表面写其重然诺，着一"莫"字，又含规诫之意。这两句似褒实贬，颇值得玩味。

〔5〕灵台，古时帝王观察天文星象、妖祥灾异的建筑。暮宿灵台，《后汉书·第五伦传》李贤注引《三辅决录》，谓第五伦少子颛"洛阳无主

人，乡里无田宅，客止灵台中，或十日不炊。……"这里用此故事，以言本分士人的漂泊沦落。

君不见富家翁，旧时贫贱谁比数[1]？一朝金多结豪贵，百事胜人健如虎。子孙成行满眼前[2]，妻能管弦妾歌舞。自矜一身忽如此[3]，却笑旁人独愁苦。东邻少年安所如？席门穷巷出无车[4]。有才不肯学干谒，何用年年空读书[5]！

　　〔1〕比数，算作同类。此两句意谓富家翁以前穷困至极，谁也不把他放在眼里。
　　〔2〕成行，敦煌集本、《乐府诗集》均作"成长"，《河岳英灵集》、《文苑英华》均作"生长"。作"成行"，疑后人所改。
　　〔3〕自矜，自负。一身，《河岳英灵集》、《乐府诗集》等均作"一朝"。
　　〔4〕东邻，底本作"东陵"，今从敦煌集本等。席门穷巷，谓居处僻陋。史载西汉陈平家在"负郭穷巷，以弊席为门"，见《史记·陈丞相世家》。出无车，据《战国策·齐策》，冯谖为孟尝君宾客时，初不为所重，不满自己的待遇，有"出无车"之叹。这两句写贫寒少年的穷苦境况。
　　〔5〕干谒，拜谒有权势的人以求取名禄。这两句说如果有才学而不肯结交权贵，就是年年读书也是白费。这是作者针对当时社会不平所发的愤激之语。

别韦参军[1]

二十解书剑，西游长安城[2]。举头望君门，屈指取公卿[3]。

国风冲融迈三五,朝廷礼乐弥寰宇[4]。白璧皆言赐近臣,布衣不得干明主[5]。归来洛阳无负郭,东过梁宋非吾土[6]。兔苑为农岁不登,雁池垂钓心长苦[7]。世人向我同众人,唯君于我最相亲[8]。且喜百年有交态,未尝一日辞家贫[9];弹棋击筑白日晚,纵酒高歌杨柳春[10]。欢娱未尽分散去,使我惆怅惊心神。丈夫不作儿女别,临歧涕泪沾衣巾[11]。

〔1〕本诗为早年西游长安,失意而归,客居梁宋(今河南商丘一带)时所作。这是一首内容丰富,感情真挚的赠别诗。首先回顾了游长安,遭冷遇,入仕的理想受挫,次写隐居山野的困苦生活及友人韦氏对自己的深情厚谊,最后表达了临别时的无限依恋之情。诗中揭露了豪贵的专权,世态的淡薄,含义深刻。参军,州(郡)官。唐制于州刺史(郡太守)下设参军数人,协理政务。

〔2〕解,懂得,指学成。书剑,《史记·项羽本纪》:"项籍少时,学书不成,去;学剑,又不成。""书"指文事,"剑"指武艺。这两句写自己二十岁时学就文武,求仕长安。

〔3〕君门,指朝廷。屈指,扳着指头计算,喻有把握。公卿,三公九卿。这里泛指朝廷要位。这两句说仰望朝廷自计可以取得公卿之位。

〔4〕国风,国家社会的风气面貌。冲融,和洽。迈,超过。三五,三皇五帝。传说上古三皇五帝时期,社会安乐和洽,是历史上所称的太平盛世。礼乐,指教化。寰宇,赅举大地之辞,犹言天下。这两句说天下承平,朝廷教化普及四方。礼乐,底本作"欢乐",今从明抄本、清影宋抄本。

〔5〕璧,一种表示祥瑞的环形玉器,古时多与黄金并用,作为馈赠的贵重礼物。近臣,亲近之臣。布衣,平民。干,干谒,指献策请求任用。

这两句说皇帝只宠幸近臣，没有广揽贤才的打算。

〔6〕负郭，指负郭之田，即城之近郊的田地。战国时，洛阳人苏秦，主谋合纵抗秦，事成，身兼六国相位。他曾感慨地说："且使我有雒阳负郭田二顷，吾岂能佩六国相印乎？"事见《史记·苏秦列传》。梁宋，指宋州宋城县(今河南商丘)，宋城春秋时为宋国国都，西汉时为梁孝王都城，故称梁宋。非吾土，不是自己的故乡。汉末王粲《登楼赋》："虽信美而非吾土兮，曾何足以少留！"这两句慨叹家乡无产业，无以为生，不得不客居他乡。

〔7〕兔苑，即兔园，又称梁园。《西京杂记》载，汉朝"梁孝王好营宫室苑囿之乐，筑兔园，园中又有雁池。王日与宫人宾客弋钓其中。"故址在唐宋州宋城县东南十里。岁不登，收成不好。

〔8〕向，犹言对待。众人，指一般人，普通人。这两句说在世上遍受冷落，除韦氏外没有看重自己的人。

〔9〕百年，指一生，这里犹言始终一贯。交态，交情。辞，推辞，此犹嫌弃。这两句是说交情深厚，始终如一，贫贱不移。

〔10〕弹棋，古代二人对局的一种博戏，今已失传。《后汉书·梁冀传》李贤注引《艺经》谓："弹棋，两人对局，白黑棋各六枚。……其局以石为之。"至盛唐仍如此，如李颀《弹棋歌》："蓝田美玉清如砥，白黑相分十二子。"到中唐时，已有变化。据柳宗元《序棋》云，棋子有二十四枚，分贵贱，数目各半，以红黑两色别之，贱者二乃敌一。局为方形，木制，中心高。其法已不可详考。筑，古代乐器，状似瑟而大头，有弦，用竹尺击之以发声。白日晚，是说彼此常常尽情欢乐，不觉日晚。上句举一日，下句举一季，赅言他们相聚欢乐的时日。棋，《河岳英灵集》《文苑英华》均作"琴"。

〔11〕儿女，指儿女之情。歧，原谓分岔路口，这里指离别分手之处。初唐王勃诗《送杜少府之任蜀川》有"无为在歧路，儿女共沾巾"句，这两

句即由王诗化出。

过卢明府有赠[1]

良吏不易得,古人今可传[2]。静然本诸己,以此知其贤[3]。我行挹高风,羡尔兼少年[4]。胸怀豁清夜,《史》《汉》如流泉[5]。明日复行春,逶迤出郊坛[6]。登高见百里,桑野郁芊芊[7]。时平俯鹊巢,岁熟多人烟[8]。奸猾唯闭户,逃亡归种田[9]。回车自郭南,老幼满马前,皆贺蚕农至,而无徭役牵[10]。君观黎庶心,抚之诚万全[11]!向幸逢大道,愿言烹小鲜[12]。谁能奏明主,一试武城弦[13]?

〔1〕这是一首酬赠诗,约作于开元二十年(732)北游燕赵以前客居梁宋时期。诗中称赞卢明府的吏治,难免有所夸张,但却表现了作者对人民的同情,以及他主张抑兼并,行均田,薄赋徭的政治理想。过,过从,访问。明府,县令的称呼。过,底本作"遇",诸本多同,今从敦煌集本、《唐诗所》《全唐诗》。

〔2〕古人,指古贤吏。这两句是说卢能传古贤吏之风。

〔3〕本诸己,以身作则,修己以治人之意。《论语·卫灵公》:"君子求诸己,小人求诸人。"《论语·子路》"苟正其身矣,于从政乎何有?不能正其身,如正人何?"这两句是说卢能正己治人,行不扰民之政。

〔4〕挹(yì),通作揖,崇拜的意思。高风,指高节美行。这两句赞卢的品德,说他年纪轻但修养高。

〔5〕史汉,指《史记》《汉书》。上句说卢对己清夜谈心,倾吐胸怀,

下句说谈吐间广征《史》《汉》，学问渊博。

〔6〕行春，游春。逶迤（wēi yí），道路弯曲而长。郊坛，古时皇帝祭天的场所，设在京城南郊。此处泛指南郊。这两句意谓沿着长路出郊游春。日，底本作“白”，误，从诸本改。

〔7〕百里，约指一县之地。郁芊芊（qiān）即郁郁芊芊，茂盛的样子。

〔8〕俯鹊巢，写风调雨顺、万物蕃息的景象。《淮南子·氾论训》谓远古之时，“阴阳和平，风雨时节，万物蕃息，乌鹊之巢可俯而探也，禽兽可羁而从也。”岁熟，年景丰收。

〔9〕奸猾，指兼并土地、侵夺农民的地方豪强。逃亡，指离乡逃亡的农户。

〔10〕蚕农至，指蚕事农事到来之时。牵，牵连。贺，敦煌集本作“荷”。至，《全唐诗》注：“一作事”。以上十句写出郊所见时平年丰，民安其业的景象，以歌颂卢抑兼并，薄赋徭，不扰农时的政绩。

〔11〕黎庶，老百姓。抚，安抚。万全，周到。君，敦煌集本作“吾”。

〔12〕逢大道，指逢上清明的世道。愿言，愿意。“言”为语助辞，无意义。鲜，鱼。烹小鲜，语出《老子》：“治大国若烹小鲜。”是说治大国如同烹小鱼，必须谨慎小心，任其自然，不加翻搅，否则就会糜烂。

〔13〕试，用。武城弦，指以礼乐教化人民。孔子弟子子游做武城（今山东费县西南）宰，能行礼乐教化，把那里治理得很好。《论语·阳货》：“子之（到）武城，闻弦歌之声。”这里以子游比卢明府，称赞他的吏治。以上六句赞扬卢能行安民不扰之政，并希望有人奏请皇帝，来普遍推行这样的善政。

苦雨寄房四昆季〔1〕

独坐见多雨，况兹兼索居〔2〕。茫茫十月交，穷阴千里余〔3〕。

弥望无端倪,北风击林筎〔4〕。白日眇难睹,黄云争卷舒〔5〕。安得造化功,旷然一扫除〔6〕!滴沥檐宇愁,寥寥谈笑疏〔7〕。泥涂拥城郭,水潦盘丘墟〔8〕。惆怅闵田农,徘徊伤里闾〔9〕;曾是力井税,曷为无斗储〔10〕?万事切中怀,十年思上书,君门嗟缅邈,身计念居诸〔11〕。沉吟顾草茅,郁怏任盈虚〔12〕,黄鹄不可羡,鸡鸣时起予〔13〕。故人平台侧,高馆临通衢〔14〕,兄弟方荀陈,才华冠应徐〔15〕,弹棋自多暇,饮酒更何如〔16〕?知人想林宗,直道惭史鱼〔17〕。携手流风在,开襟鄙吝祛〔18〕;宁能访穷巷,相与对园蔬〔19〕?

〔1〕本诗当为客居梁宋,将北游燕、赵时所作。高适《淇上酬薛三据兼郭少府微》"自从别京华,我心乃萧索,十年守章句,万事空寥落,北上登蓟门,茫茫见沙漠",所叙述的和本诗"十年思上书"语正相合。这是一首寄友诗,淫雨不止,隐居独处,有感而发。诗中写了为天灾而愁苦,为民生而闵伤,并进而触及政事的弊端。作者忧国忧民,但怀才不遇;坎坷潦倒,但不甘消沉。最后写了对友人的景慕,对友情的赞扬。苦雨,久雨为患。昆季,兄弟。房四,四,《全唐诗》注:"一作休。"

〔2〕索居,独居。这两句说多雨已足以令人愁苦,何况更兼离群索居。

〔3〕茫茫,昏暗不明。这两句说九十月之交,天色昏暗,阴云密布,穷尽千余里。交,清影宋抄本及许本作"郊"。

〔4〕弥(mí),远。端倪(ní),尽头。林筎(yú),竹名,其叶宽而薄。

〔5〕眇(miǎo),细微、渺茫,引申为不分明之意。

〔6〕造化,古代或指天,或指天地,或指阴阳,犹言大自然。这两句说如何才能使造化之力把密云一扫而清。

〔7〕宇,屋边。滴沥,水下滴曰滴沥。寥寥,《全唐诗》注:"一作寂寥"。疏,稀少。这两句与开头两句相呼应,是说檐宇不断的滴水声令人愁苦,不觉谈笑也稀少了。

〔8〕涂,即泥。潦(lǎo),积水。盘,围绕。丘墟,丘里、墟里,指村落,与上句城郭相对。

〔9〕闵,忧。里闬,本是里门,亦有乡里之意,这里犹言乡亲、邻里。

〔10〕井,即古制井田之井。力井税,即力田税,尽力耕田纳税。井,《全唐诗》注:"一作耕"。曷为,为何。斗储,斗粟之储,指微薄的积蓄。这两句是说已然是辛勤耕作了,为什么竟无些微积蓄以备不虞?质问之中,含着对时政有失、租税苛重的不满。

〔11〕缅邈(miǎo),远貌。身计,自身的事业、抱负。居诸,《诗经·邶风·日月》:"日居月诸",居、诸,皆为语气词,后直以居诸指光阴的流逝。以上四句是说万事萦怀,久想上书皇帝,怎奈君门九重,无缘可达,感念光阴逝去,益恐一事无成。

〔12〕沉吟,低吟,有所思虑而低声吟味之意。草茅,草屋。郁怏(yàng)郁闷不快。任,听凭。盈虚,指事物的消长变化。任盈虚,听其自然。这里含有无可奈何之意。这两句写仕途失意抑郁不平的感伤。

〔13〕黄鹄(hú),同鸿鹄,或单称鹄,即天鹅。能高飞远举,古时多用以喻有志之士。"鸡鸣"句,用西晋祖逖闻鸡起的故事。《晋书·祖逖传》:"(逖)与司空刘琨,俱为司州主簿,情好绸缪,共被同寝。中夜闻荒鸡之声,蹴琨觉,曰:'此非恶声也!'因起舞。"这两句是说虽遭埋没,不能象黄鹄那样高飞远举,但决不消沉,仍想及时奋励。

〔14〕故人,指房四兄弟。平台,战国时梁武王所筑,故址在今河南商丘东北平台集。通衢(qú),通达四方的大道。

〔15〕方,比,类同。荀,指荀爽兄弟,东汉颍阴(今河南许昌县)人。《后汉书·荀淑传》:"有子八人:俭、绲、靖、焘、汪、爽、肃、专,并有名称,

时人谓八龙";"爽字慈明,一名谞,幼而好学,能通《春秋》《论语》,太尉杜乔见而称之曰:'可为人师。'爽遂耽思经书,庆吊不行,征命不应,颍川为之语曰:'荀氏八龙,慈明无双。'"陈,指陈纪、陈谌兄弟,东汉颍川(今河南省许昌县西南)人。《后汉书·陈寔传》:"有六子,纪、谌最贤";"纪字元方,亦以至德称,兄弟孝养,闺门雍和,后进之士,皆推慕其风,及遭党锢,发愤著书数万言,号曰《陈子》。党禁解,四府并命,无所屈就。……弟谌,字季方,与纪齐德同行。"应,指应玚,三国魏汝南(今属河南)人,字德琏,以文学著名,建安七子之一。徐,指徐干。干,三国魏北海(今山东潍坊市西南)人,字伟长,也是建安七子之一。这两句引古人比况房四兄弟,上句称赞他们的修养、学问,下句称赞他们的文才。

〔16〕弹棋,见《别韦参军》注〔10〕。这两句写弹棋饮酒,闲适自得。

〔17〕林宗,东汉人郭泰(太),字林宗。《后汉书》本传说他"性明知人,好奖训士类",深得时人倾慕。史鱼,春秋卫大夫,名䲡,字子鱼。卫灵公不用蘧伯玉,而任弥子瑕,史鱼自以为不能进贤退不肖,便死以尸谏。孔子曾称赞他说:"直哉史鱼!邦有道如矢,邦无道如矢。"(《论语·卫灵公》)这两句分别以郭泰、史鱼与房四兄弟相比,上句说房四兄弟是最能知人,不由使人联想到郭泰;下句说房四兄弟耿直,就连以直道著称的史鱼也会自愧不如。

〔18〕流风,流传于后的风韵。开襟,畅开胸襟,指互相倾谈。鄙吝,吝啬贪得之心。祛(qū),解除。《后汉书·黄宪传》:"同郡陈蕃、周举常相谓曰:'时月之间不见黄生,则鄙吝之萌,复存乎心。'"这里暗用其事,以黄宪比房四兄弟,称赞他们对自己的熏陶。上句说相交时留下的风韵犹在,下句说谈吐间深受教益。

〔19〕宁能,安能。陶渊明《读山海经十三首》其一:"穷巷隔深辙,颇回故人车。欢言酌春酒,摘我园中蔬。"这两句希望房四兄弟来访,摘蔬共饮。

塞上〔1〕

东出卢龙间,浩然客思孤〔2〕。亭堠列万里,汉兵犹备胡〔3〕。边尘满北溟,虏骑正南驱〔4〕。转斗岂长策〔5〕?和亲非远图。惟昔李将军,按节临此都〔6〕,总戎扫大漠,一战擒单于〔7〕。常怀感激心,愿效纵横谟〔8〕;倚剑欲谁语?关阿空郁纡〔9〕!

〔1〕作于开元二十年(732)至二十三年北游燕赵期间。诗中反映了作者安定边疆的强烈愿望。他反对"转斗"和"和亲",主张彻底根除边患,但空怀壮志,无处献策,不得施展抱负,只能感慨不已。塞上,或称《塞上曲》。此题及《塞下曲》唐诗中屡见,是由乐府《横吹曲辞·汉横吹曲》"出塞""入塞"旧题衍化来的。

〔2〕卢龙,指卢龙塞,为古代东北边防险塞,在今河北迁安西北。塞道横跨滦河,自蓟县起,东经喜峰口,直到冷口。孤,不仅指羁旅中的孤独,也有心怀安边谋略无处陈述的意思,正应末尾四句所言之情。间,底本作"塞",诸本多同。今从敦煌选本、清影宋抄本。

〔3〕亭堠(hòu),用来驻兵伺候瞭望敌人的土堡。汉,汉代,唐诗中多用以借指本朝。备胡,防御胡人的侵扰。当时威胁唐代东北边境安全的是奚、契丹的统治者。

〔4〕北溟,北海,即渤海。虏骑(jì),敌人的骑兵。

〔5〕转斗,辗转战斗。这里指被动应战,不一举取胜,根除边患。

〔6〕李将军,指李牧。李牧为战国赵之良将,曾守代(在今河北蔚

县东北)及雁门(在今山西代县附近),先以防御为主,厚遇战士,秣马厉兵,后一举大破匈奴,使其不敢犯边达三十年之久。节,古代用以示信之物。按节,即仗节,持节。这里指受军命。临,底本作"出"。今从敦煌选本,他本多同。

〔7〕总戎,总掌军事。大漠,大沙漠。单于,匈奴最高首领的称号。

〔8〕效,贡献。感激,感动奋发。纵横谟,犹言雄谋大略。纵横,出于战国时代苏秦张仪"合纵连横"的故事。谟(mó),谋略。

〔9〕关阿,关山。郁纡(yū),心中郁结不伸。以上四句意谓自己的谋略无处陈述,壮志不得施展,面对关山空生忧愁。阿,底本作"河",诸本多同,《文苑英华》作"山",今从敦煌选本。

蓟门五首〔1〕

蓟门逢古老,独立思氛氲〔2〕。一身既零丁,头鬓白纷纷。勋庸今已矣,不识霍将军〔3〕!

〔1〕作于北游燕赵期间。这组诗反映了边境不宁,将不得人,士卒身遭轻慢,生活困苦,久戍不归等情况,较全面地表现了作者主张选任良将,重用汉兵,根除边患的思想。蓟门,即古蓟丘,在战国时代燕国蓟城内,相传北京德胜门外土城关即其遗址。

〔2〕古老,即故老,犹言老者。这里指久戍边疆的一位老人。独立,孤独无依。氛氲(yūn),繁盛的样子。思氛氲,思绪纷繁。

〔3〕勋庸,勋业功劳。霍将军,即霍去病,汉代名将,汉武帝时为剽姚校尉,先后六次出击匈奴,获大胜。以上四句写老人的心思:悲叹身孤年衰而功业未就,唯恨不曾遇到象霍去病那样的良将,一扫边患,自己并

得以跟随立功。这里委婉地讽刺了当时边将的无能。矣,敦煌选本作
"久"。

汉家能用武,开拓穷异域^[1]。戍卒厌糟糠,降胡饱衣食^[2]。
关亭试一望,吾欲涕沾臆^[3]。

〔1〕穷,极尽。

〔2〕厌,同餍,饱的意思。厌糟糠,以糟糠充饥。降胡,指归降的胡
人。唐王朝为利用他们防边,多给以优裕的生活待遇。而作者则认为他
们不可靠,反对重用胡兵,慢待汉兵。

〔3〕亭,指戍楼。臆,胸。

边城十一月,雨雪乱霏霏^[1]。元戎号令严,人马亦轻肥^[2]。
羌胡无尽日,征战几时归!

〔1〕霏霏,雪花繁密的样子。《诗经·小雅·采薇》:"雨雪霏霏。"

〔2〕元戎,军事统帅。轻肥,裘轻马肥,装备精良之意。

幽州多骑射,结发重横行^[1]。一朝事将军,出入有名声^[2]。
纷纷猎秋草,相向角弓鸣^[3]。

〔1〕幽州,唐州名,治所在今北京市大兴附近。开元二年于其地置
幽州节度使,领幽、易等六州。骑射,善于骑马射箭的人。结发,指成年
之时。古代男子年二十束发初冠,故有此称。横行,遍行天下。这里指
驰骋战场。

14

〔2〕出入，指出入关塞。

〔3〕猎秋草，在秋天的草原上狩猎。角弓，饰有兽角的弓。鸣，指射箭时弓弦颤动发出的声响。

茫茫长城外，日没更烟尘〔1〕。胡骑虽凭陵，汉兵不顾身〔2〕。古树满空塞，黄云愁杀人。

〔1〕茫茫，昏暗不明。底本作"黯黯"，诸本多同，今从敦煌选本及《乐府诗集》。烟尘，烽烟战尘，指边疆寇警。萧统《七契》："边境无烟尘之警。"

〔2〕凭陵，仗势侵陵。这两句写汉兵不畏强敌，奋勇迎战。

营　州　歌〔1〕

营州少年厌原野〔2〕，皮裘蒙茸猎城下〔3〕。虏酒千锺不醉人〔4〕，胡儿十岁能骑马〔5〕。

〔1〕这首诗约为北游燕赵时作，写出了边疆游牧民族少年善骑尚武的骁勇风貌。营州，唐州名，天宝元年（742）改名柳州郡。治所在今辽宁省锦州市西。当时为汉与契丹杂居之地，居民富于豪侠尚武精神。

〔2〕厌，满足，此处犹云喜爱。厌原野，谓爱好野外的狩猎生活。

〔3〕蒙茸（róng），纷乱的样子。语出《诗经·邶风·旄丘》："狐裘蒙戎"。"茸"通"戎"。

〔4〕虏酒，指营州当地出产的酒。

〔5〕胡儿,指居住在营州一带的奚、契丹少年。

效古赠崔二〔1〕

十月河洲时,一看有归思〔2〕。风飚生惨烈,雨雪暗天地〔3〕。我辈今胡为?浩哉迷所至〔4〕。缅怀当途者,济济居声位〔5〕。邈然在云霄,宁肯更沦踬〔6〕!周旋多燕乐,门馆列车骑〔7〕。美人芙蓉姿,狭室兰麝气〔8〕。金炉陈兽炭,谈笑正得意〔9〕。岂论草泽中,有此枯槁士〔10〕?我惭经济策,久欲甘弃置〔11〕;君负纵横才,如何尚颠顿〔12〕?长歌增郁怏,对酒不能醉〔13〕。穷达自有时,夫子莫下泪〔14〕。

〔1〕本诗约为北游燕赵时作。这是一首朋友间酬赠的诗,抒情言怀,反映了权贵得势、才士沦落的社会不平。效古,即仿效古体之意。江淹诗已有此题,唐诗中亦屡见。崔二,行迹不详。作者又有《和崔二少府登楚丘城作》一诗,云:"故人亦不遇,异县久栖托。"与此诗所写的崔二当为一人。从称呼上看,此诗应作于崔做县尉之前。

〔2〕河洲,河中四面环水的陆地。这两句写漂泊在外,触景伤情,引起归思。

〔3〕风飚,暴风。这里作动词用,犹云刮起暴风。雨雪,下雪。

〔4〕浩哉,浩浩然,广大无边际貌。迷所至,迷失方向、走投无路之意。这两句慨叹世途坎坷,一般士人没有出路。

〔5〕缅怀,遥想。当途者,指在朝廷中掌有实权的人。济济,人多气盛貌。声位,声望地位。

〔6〕邈然,远貌。在云霄,言其有权势地位,高不可攀。宁肯,岂会。沦,陷没。踬,颠顿阻碍。沦踬,指艰难的处境。这两句是说贵者恒贵,不会再改变地位。

〔7〕周旋,互相接待应酬。燕,宴飨,乐,作乐。

〔8〕芙蓉,荷花的别名,多用以形容女人容貌之美。狭室,犹云内房。兰麝气,兰香和麝香的气味。

〔9〕兽炭,用炭末调捏成兽形的炭。《晋书·羊琇传》:"琇性豪侈,费用无复齐限,而屑炭和作兽形以温酒。洛下豪贵咸竞效之。"以上六句写豪贵之家勾结应酬,淫乐无已。

〔10〕草泽,犹言草莽、草野,指不仕者所居之处。枯槁士,语出《庄子》,指沦落不得志的人。这里指自己和崔二。

〔11〕经济策,经世济民的策略。甘弃置,甘愿被埋没。这两句说自愧没有才能,甘愿身遭弃置。表面为自谦之辞,实则含不平之意。

〔12〕君,指崔二。负,怀抱。纵横才,超逸非凡的才干。颠顿,同憔悴。这两句对崔二怀才不遇更感愤慨。

〔13〕郁怏,郁闷不快。这两句是说长歌意在遣忧,反而更忧;饮酒意在销愁,反而更愁。

〔14〕夫子,对人的尊称,指崔二。这两句为无可奈何的安慰之辞。

邯郸少年行〔1〕

邯郸城南游侠子,自矜生长邯郸里〔2〕。千场纵博家仍富,几处报仇身不死〔3〕。宅中歌笑日纷纷,门外车马长如云〔4〕。未知肝胆向谁是,令人却忆平原君〔5〕。君不见即今交态薄,黄金用尽还疏索〔6〕！以兹感叹辞旧游，更于时事无所求〔7〕，且与少年饮美酒，往来射猎西山头〔8〕。

〔1〕作于北游燕赵时。这是一首写游侠的诗，作者通过自己实际交游中的见闻与感受，并作古今对比，慨叹当今世态浇薄，重金钱而轻情义，难得至友深交。少年行，为乐府旧题，《乐府诗集》归入杂曲歌辞。邯郸，战国时代赵国的国都。唐代有邯郸县，故城在今河北邯郸市南。

〔2〕游侠子，游侠少年。《史记·游侠列传》称游侠："其言必信，其行必果，已诺必诚，不爱其躯，赴士之阨困。既已存亡死生矣，而不矜其能，羞伐其德。"矜（jīn），骄傲。

〔3〕以上四句写邯郸少年恃富任侠，已无古代侠士之遗风。处，《乐府诗集》《文苑英华》等作"度"。

〔4〕长如云，形容车马之盛。这句写交往宾客之多。长如云，底本作"如云屯"，今从敦煌选本、《河岳英灵集》。

〔5〕肝胆，借喻心中至诚。平原君，即赵胜，战国赵武灵王子，惠文王弟。封于平原，因号平原君。以知人好客著称，《史记·平原君虞卿列传》说："武灵王诸子中胜最贤，喜宾客，宾客盖至者数千人。"邯郸旧为赵地，作者于其地伤时怀古，便自然联想到平原君。这两句是说现实难遇肝胆知交，不由使人追念起平原君来。

〔6〕交态，人事交往的情谊。疏索，疏远冷漠。即今，底本作"今人"，今从敦煌选本、《河岳英灵集》。

〔7〕以兹，因此。旧游，指同游旧友。时事，犹世事。

〔8〕以上四句大意说既然当今世态浇薄，难获至友，也就不再深求肝胆之交，权且满足于一般饮酒纵乐的交游罢了。

寄宿田家[1]

田家老翁住东陂，说道平生隐在兹[2]。鬓白未曾记日月，山青每到识春时[3]。门前种柳深成巷，野谷流泉添入池。牛壮日耕十亩地，人闲常扫一茅茨[4]。客来满酌清樽酒，感兴平吟才子诗[5]。岩际窟中藏黯鼠，潭边竹里隐鸬鹚[6]。村墟日落行人少，醉后无心怯路歧[7]。今夜只应还寄宿，明朝拂曙与君辞[8]。

〔1〕这首诗当作于北游燕赵期间，描写了充满生机野趣的田园生活，流露出倦于世事，向往隐居的情绪。

〔2〕陂（bēi），山坡。这两句写田家老翁自称有生以来一直隐居东陂。

〔3〕陶渊明《桃花源诗》："草荣识节和，木衰知风厉；虽无纪历志，四时自成岁。"当为这两句所本。

〔4〕茅茨（cí），草屋。

〔5〕樽，饮酒器。清樽酒，即清酒。平，平和自然之意。《全唐诗》注："一作频"。

〔6〕黯（yǎn）鼠，田鼠。鸬鹚（lú cí），水禽，黑羽，俗称水老鸦。这两句借黯鼠、鸬鹚写出幽静的水光山色。

〔7〕村墟，村落。怯路歧，临歧路生怯，疑而不知所向。《吕氏春秋·疑似》："墨子见歧道而哭之。"《淮南子·说林》："杨子（杨朱）见逵路而哭之，为其可以南可以北也。"皆喻世路多歧，人生艰难。

〔8〕拂曙，即拂晓。

淇上酬薛三据兼寄郭少府微〔1〕

自从别京华，我心乃萧索〔2〕，十年守章句，万事空寥落〔3〕！
北上登蓟门，茫茫见沙漠，倚剑对风尘，慨然思卫霍〔4〕。拂
衣去燕赵，驱马怅不乐〔5〕。天长沧洲路，日暮邯郸郭〔6〕，酒
肆或淹留，渔潭屡栖泊。独行备艰险，所见穷善恶〔7〕。永愿
拯刍荛，孰云干鼎镬〔8〕？皇情念淳古，时俗何浮薄〔9〕！理
道资任贤，安人在求瘼〔10〕。故交负灵奇，逸气抱謇谔〔11〕，
隐轸经济具，纵横建安作〔12〕。才望忽先鸣，风期无宿
诺〔13〕。飘飘劳州县，迢递限言谑〔14〕。东驰眇贝丘，西顾弥
虢略〔15〕，淇水徒自流，浮云不堪托〔16〕。吾谋适可用，天路
岂寥廓〔17〕！不然买山田，一身与耕凿〔18〕。且欲同鹪鹩，焉
能志鸿鹄！〔19〕

〔1〕本诗作于开元二十四年(735)至开元二十六年客居淇上期间。
诗中叙述了自成年时长安求仕失意而归，至北游蓟门之后的经历，回顾
了与友人的交情，表达了任贤安民的政治理想以及怀才不遇的感慨，感
情真挚深切。淇，淇水，即今河南省淇河。薛据，河中宝鼎(今山西宝鼎
镇)人(据《旧唐书·薛播传》)。《唐才子传》云："(据)开元十九年王维
榜进士，天宝六年又中风雅古调科第一人。"少府，县尉的称呼。县尉是
县令的佐官。郭微，事迹未详。底本题中"据"作"椽"，且无"微"字，今
据明臧懋循辑《唐诗所》改增，《全唐诗》亦同。

20

〔2〕别京华,据《别韦参军》诗,高适二十岁左右曾至长安求仕,失意而归。萧索,萧条。这里指心境凄凉。

〔3〕章句,即分析古书章节句读、字义之学。这里泛指读书。寥落,寂寞冷落。指一事无成。

〔4〕卫霍,即汉代抗击匈奴的名将卫青和霍去病。这两句是说见到边境不靖,将不得人,希望有像卫青、霍去病那样的良将来平定边患。

〔5〕拂衣,振衣,为人起行前习惯动作。燕赵,皆战国时国名,这里指其旧地,略相当于今河北、山西地区。这两句写离燕赵而归的失意惆怅之情。

〔6〕沧洲,犹江湖,指隐者所居水曲之乡。邯郸,见《邯郸少年行》注〔1〕。

〔7〕备,尽。这两句是说独游燕赵,历尽艰险,阅尽政事得失,人间善恶。

〔8〕刍荛(chú ráo),本是打草砍柴的人,这里泛指贫民百姓。干,犯。鼎镬(huò),古时烹煮刑具。孰云,谁说。干鼎镬,干犯刑法。这两句是说立志救民,而敢于直言,谁说这是触犯刑法。

〔9〕皇,指皇帝。淳,敦厚纯朴。这两句说皇帝之意在于追求上古纯厚之风,时俗却是多么浮薄。

〔10〕理,同治,避唐高宗讳而改。理道,治国之道。资,藉,依靠。安人,即安民。“民”字避唐太宗讳而改。瘼(mò),病。求瘼,指了解民间疾苦。语出《诗经·大雅·皇矣》:“皇皇上帝,临下有赫,监观四方,求民之莫(瘼)。”这句上应“独行”四句。

〔11〕故交,指薛,亦兼指郭。灵奇,犹神奇,指不同凡俗的气质。謇谔(jiǎn'è)或写作“蹇愕”,正直之意。

〔12〕隐轸(zhěn),盛貌。经济具,经世济民之材。建安作,具有建安风格的文章。指薛据的作品。建安是汉献帝的年号(196—219)。

21

《文心雕龙·时序》谓建安："观其时文，雅好慷慨。"当时文坛以曹操父子为核心，有著名的建安七子。后世有"建安风骨"之称。唐代自陈子昂起，在反对六朝浮靡诗风时，都标榜建安文学。《唐才子传》称"薛据为人骨鲠，有气魄，文章亦然。"

〔13〕才望，为人所瞻仰的才气。鸣，著称之意。风期，犹风信。据《荆楚岁时记》，一年之中"始梅花，终楝花，凡二十四番花信风"。风应花期而来，故称风信或风期。这里指守信用。无宿诺，语出《论语·颜渊》："子路无宿诺。"是说答应了的事情，立即着手去办，决不等到第二天。上句写薛、郭有声望，下句写薛、郭重言诺。

〔14〕飘飖，无所倚着，动荡不安。这里指东奔西走，居处不定。劳州县，操劳于州县吏务。迢递(tiáo dì)，遥远貌。言谑(xuè)，谈笑。这两句是说薛、郭任职州县，辗转各方，路途遥远，限制了相聚言欢。

〔15〕驰，向往，犹望。眇(miǎo)，远。贝丘，春秋齐国地名，故址在今山东博兴县南贝丘乡。弥，远。虢略，春秋地名，在今河南嵩县西北。虢略、贝丘当是薛、郭二人所在之地。这两句写对薛、郭的想望。

〔16〕这两句是说淇水和浮云都不能托它们传言寄情。曹植《洛神赋》有"托微波而通辞"语。

〔17〕谋，指治国的谋略。适，若。寥廓，高远。这两句是说自己的谋略若被采用，就能得志腾达，天路算不得高远。

〔18〕耕凿，即《帝王世纪·击壤歌》所谓"凿井而饮，耕田而食"，指隐居不仕。

〔19〕且，姑且。鹪鹩(jiāo liáo)一种善于营巢的小鸟。《庄子·逍遥游》：尧让许由代他治天下，许由推辞，曾说："鹪鹩巢于深林不过一枝。"以鹪鹩自比，意思是欲望不大，自足而不奢求。鸿鹄(hú)，见《苦雨寄房四昆季》注〔13〕。

自淇涉黄河途中作十二首(选二首)〔1〕

其六

秋日登滑台,台高秋已暮〔2〕。独行既未惬,怀土怅无趣〔3〕。晋宋何萧条,羌胡散驰骛〔4〕。当时无战略,此地即边戍〔5〕。兵革徒自勤,山河孰云固?乘闲喜临眺,感物伤游寓〔6〕。惆怅落日前,飘飖远帆处〔7〕。北风吹万里,南雁不知数。归意方浩然,云沙更迴互〔8〕。

〔1〕本诗作于客居淇上期间。这是一首旅途登滑台伤情怀古的诗,既抒发离忧,又触景怀古,对东晋、南朝国势不固,边境民族内犯表示感慨,实际上也寄寓着对现实边防国事的关切。唐代黄河故道流经滑州,淇水流入黄河。《元和郡县志》谓滑州白马县"黄河去外城二十步"。十二首,《全唐诗》作"十三首",多《幡幡河滨叟》一首。

〔2〕滑台,古台名,故址在今河南滑县东北。《元和郡县志》云,河南道滑州"其城在古滑台,甚险固"。秋已暮,深秋、晚秋。

〔3〕未惬(qiè),不快意。怀土,怀念乡土。怅,怅然,失意貌。

〔4〕晋宋,晋指东晋,宋指南朝刘宋。东晋、南朝时,黄河南岸经常发生南北战争,滑台为战略重镇。东晋安帝隆安二年(398),慕容德自邺南徙滑台,号南燕。义熙六年(410),南燕为刘裕的北伐军所灭。宋文帝元嘉八年(431),檀道济北伐失利,滑台陷于北魏。萧条,谓国势衰

23

落。羌,古时西方边境民族之称。胡,古时北方边境民族之称。驰骛
(wù),奔跑追逐。这两句是说东晋、南朝国势衰落,边境民族时有内犯。

〔5〕此地,指滑台一带。边戍,边镇。这两句谴责东晋、南朝边策失
当。

〔6〕临眺,指登台远望。游寓,指飘泊无定的羁旅生涯。

〔7〕飘飘,动荡不定。这句既描写远帆,亦兼指心神不安,谓远帆引
起归思。

〔8〕迴互,犹迴合。高适《赠别王十七管记》诗有"云沙自迴合,天
海空迢递"句,迴合即天地延伸而互相连接之意。下句从天上的云、河滩
的沙着笔,以空间的旷远衬出归途的渺茫,与上句浩然的归意构成了强
烈的矛盾对比。

其九

朝从北岸来,泊船南河浒[1]。试共野人言,深觉农夫苦[2]。
去秋虽薄熟,今夏犹未雨[3]。耕耘日勤劳,租税兼舄卤[4]。
园蔬空寥落,产业不足数[5]。尚有献芹心,无因见明主[6]。

〔1〕这首诗反映了作者对农民生活的关切,以及均田薄赋的政治
思想,终因有志难遂而无限感慨。浒,水边。南河浒,南边的河岸。

〔2〕野人,庶民百姓。《孟子·滕文公上》:"无君子,莫治野人;无
野人,莫养君子。"

〔3〕薄熟,小有收成。

〔4〕兼,犹及。舄卤(xì lǔ),又称斥卤,亦作潟卤,咸卤之地。这句
说就连舄卤不毛之地也免不了要征收租税。言外之意指政事有失,致使

租税繁重。作者对此不满,故下文有"献芹"之语。

〔5〕寥落,稀疏。《尔雅·释天》:"蔬不熟为馑。"产业,主要指土地。不足数,指按均田法应分的田数不足。按,唐高宗武德七年(624)颁布田令(均田法),规定丁男和十八岁以上的中男给田一顷,其中永业田二十亩(皆传子孙,不再收还),口分田八十亩(年老收还),授田足的叫宽乡,不足的叫狭乡,狭乡口分田减半授给。

〔6〕献芹,《列子·杨朱》载:"昔人有美戎菽、甘枲(xǐ)、茎芹、萍子者,对乡豪称之。乡豪取而尝之,蜇于口、惨于腹,众哂(shěn)而怨之。"后便以"献芹"为以物赠人之谦词,意思是所赠之物微不足道,然出自诚意。这里是进言献策的谦词。无因,无从,无由。《东平路中遇大水》诗云:"纵怀济时策,谁肯论吾谋!"与这两句文意相似。

燕歌行 并序〔1〕

开元二十六年,客有从元戎出塞而还者〔2〕,作《燕歌行》以示适;感征戍之事,因而和焉。

汉家烟尘在东北,汉将辞家破残贼〔3〕。男儿本自重横行,天子非常赐颜色〔4〕。摐金伐鼓下榆关,旌旆逶迤碣石间〔5〕。校尉羽书飞瀚海,单于猎火照狼山〔6〕。山川萧条极边土,胡骑凭陵杂风雨〔7〕。战士军前半死生,美人帐下犹歌舞〔8〕。大漠穷秋塞草腓,孤城落日斗兵稀〔9〕。身当恩遇常轻敌,力尽关山未解围〔10〕。铁衣远戍辛勤久,玉箸应啼别离后〔11〕。少妇城南欲断肠,征人蓟北空回首〔12〕。边庭飘飖那可度,绝域苍茫无所有〔13〕。杀气三时作阵云，寒声一夜传刁斗〔14〕。相看白刃血纷纷，死节从来岂顾勋〔15〕？君不见沙场征战苦，至今犹忆李将军〔16〕。

〔1〕本诗作于开元二十六年（738）由淇上归梁宋之后。诗中表现了将士勇敢迎战、保卫边疆的英雄气概，揭露了军中苦乐悬殊、生死不同的阶级矛盾，反映了边策失当，帅不得人，以致征人久戍不归，妻妇哀怨不已，士卒流血牺牲，却受到非人待遇，思想内容深刻、丰富。叙事气势磅礴，抒情委婉细腻，描写绘声绘色，用韵错落多变，音节起伏迭宕，艺术性也很高。堪称高适边塞诗的高峰，也是唐代边塞诗的突出代表。燕歌行，乐府古题，属《相和歌·平调曲》。其辞多写有关边地征戍之事，以咏征人思乡、少妇怀远之情为主。宋郭茂倩《乐府诗集》引《乐府广题》曰："燕，地名也；言良人从役于燕而为此曲。"高适在写此诗前，曾于开元二十年至二十三年间北游蓟门一带，对边塞情况颇知底细，故能从深刻的现实感受出发，写出这篇杰作，在思想内容上出色地发展了这一传统主题。

〔2〕元戎，军事统帅。殷璠《河岳英灵集》作"御史大夫张公"。按张公，指幽州节度使张守珪，开元二十三年官兼御使大夫。

〔3〕汉家，汉朝，借指唐朝。烟尘，烽烟战尘，指边疆寇警。这里指奚、契丹等的进犯。汉将，借指唐朝将领。残贼，犹言恶贼，谓凶恶的敌人。

〔4〕横行，指驰骋战场，杀敌立功。《史记·季布栾布列传》："臣愿得十万众，横行匈奴中。"赐颜色，犹云赏脸，指特别看得起而加以重用。

〔5〕摐（chuāng）、伐，都是敲击的意思。金，指钲，似铜铃。《汉书·东方朔传》："战阵之具，钲鼓之教。"摐金伐鼓，军中击钲鼓以为士卒进退之节，指出师。下，犹出、往。榆关，古关名，即今山海关（在河北

省临榆县境）。旌（jīng），旗杆顶饰有五彩分羽的旗。旆（pèi），以杂色缀边的大旗。旌旆，泛指军旗。逶迤，曲折宛转、延绵不断的样子。碣石，山名。《唐书·地理志》云："营州柳城县东有碣石山。"即今河北昌黎县西北之碣石山。

〔6〕校尉，唐代武散官名。这里泛指武将。羽书，或称羽檄。古制，檄，以木为书，长一尺二寸，用为征召，若有急事，则插鸟羽，以示速急。唐时已废木简，这里泛指军事紧急文书。瀚海，亦作翰海，指大漠，即大沙漠，东起兴安岭西麓，西尽天山东麓，自东北至西南长达二千公里。这里泛指东北边境近沙漠地带。单于，本是匈奴最高首领的称呼，这里借指当时边境契丹、奚的首领。猎火，围猎时所燃之火。古代游牧民族在军事行动前，往往举行大规模的校猎。狼山，即今内蒙古自治区西北巴彦淖尔盟狼山。以上八句写将士闻警出征。

〔7〕极，尽。凭陵，仗势侵陵。杂，夹杂，犹伴随着。

〔8〕半死生，死生相半，谓伤亡很重。帐下，营帐之中。以上四句写边疆山川的荒凉，胡骑进攻的威势，以及军中将帅与士卒生死苦乐极度不同的阶级对立。

〔9〕穷秋，深秋。腓（féi），病，这里犹云枯萎。斗兵稀，与前"半死生"相呼应，指伤亡惨重。

〔10〕恩遇，受到皇帝的厚遇。轻敌，不畏强敌，奋勇作战之意。以上四句写战士冒死作战，损失惨重，隐含对指挥不当的谴责。

〔11〕铁衣，铁甲。铁衣远戍，即从军远出守边之意。玉箸（zhù），玉做的筷子。古代常以"玉箸"形容妇女的眼泪。梁简文帝《代乐府三首·楚妃叹》："金簪鬓下垂，玉箸衣前滴。"梁刘孝威《独不见》："谁怜双玉箸，流面复流襟。"

〔12〕少妇，泛指征人之妻。城南，泛指征人的乡里。以上四句错落有致，极写战争不已，久戍不归，征人少妇相互思念的哀怨之情。

〔13〕边庭，边地。飘飘，动荡不安。绝域，极远的边地，这里仍指东北边塞。这两句是说边地征戍生活动荡不定，难以度日，地域偏远，荒凉无际。

〔14〕三时，指一天中的早、午、晚三时。阵云，义同战云。三时，《文苑英华》《乐府诗集》均作"三日"。寒声，凄冷之声，这里指刁斗声。刁斗，军用响器，铜制，夜间敲击，用以警戒。声，《文苑英华》作"风"。以上四句写边疆征战的环境：前两句写空间，广漠而荒凉；后两句写时间，战争的紧张气氛时刻不息。

〔15〕白刃，锋利的刀。血，底本作"雪"，今从敦煌写本、《河岳英灵集》等。死节，为坚持节操而死。这两句写士卒英勇杀敌、为国牺牲的高尚气节。

〔16〕君不见，这是歌行诗在开头或结尾常用的一种提示语。李将军，指李广。李广是汉朝镇守北方边境抗击匈奴的名将。作战常身先士卒，与士卒同甘共苦。《史记·李将军列传》说："广之将（带）兵，乏绝之处，见水，士卒不尽饮，广不近水；士卒不尽食，广不尝食。宽缓不苛，士以此爱乐为用。"这两句与前"战士"两句相呼应，借对汉朝李将军的怀念，指斥当时边帅生活腐化、不抚爱士卒。

画马篇〔1〕

君侯枥上骢，貌在丹青中〔2〕。马毛连钱蹄铁色，图画光辉骄玉勒〔3〕。马行不动势若来，权奇蹴踏无尘埃〔4〕。感兹绝代称妙手，遂令谈者不容口〔5〕。麒麟独步自可珍，驽骀万匹知何有〔6〕？终未如他枥上骢，载华毂，骋飞鸿〔7〕，荷君剪拂为君用,一日千里如旋风〔8〕。

〔1〕这是一首咏物诗,作者认为主人家被绘在画中的枥上骢马,既不像“麒麟”名马高不可攀,更不像“驽骀”劣马一无所用,杰出而实用,值得称赞。明为咏物,实则喻人,表现了作者对人材的看法。清影宋抄本、《唐诗所》、《全唐诗》题下有注云:“同诸公宴睢阳李太守,各赋一物。”按天宝三载(744)高适与李白、杜甫同游梁宋时,作有《奉酬睢阳李太守》诗,据此注语,知此诗亦当时所作。

〔2〕君侯,本是对列侯的尊称,后用为对尊贵者的称呼。这里指睢阳李太守。枥,马厩。骢,青白杂毛的马。丹青,本是指丹砂、青雘之类绘画用的颜料,后直接用来称画。

〔3〕连钱,马毛色有深浅、纹络似鱼鳞之状。骄,马健壮的样子。玉勒,以玉珂为饰的马头络衔。这两句写画马形态非凡,装饰高贵,光彩夺目。敦煌集本:光辉,作“金羁”;骄,作“娇”,或为原貌。

〔4〕权奇,超脱凡俗。《汉书·礼乐志·天马歌》有“志俶傥,精权奇”语。蹴(cù)踏,蹈踏。这里指马踏蹄奔腾。这两句赞画家传神之笔,上句说画马虽不能动,但由于活现地画出动态,仿佛真要奔来一样,下句说画马奔腾如飞,不扬尘埃。

〔5〕不容口,不容置言。这两句说画技高超,使人叹服,谈论者不知如何称道是好。

〔6〕麒麟,古代传说中的一种奇兽。后用以名良马,这里即指麒麟马。独步,特出。驽(nú)、骀(tái),皆为劣马。知何有,犹云知有何用。这两句是说麒麟马奇特,自可珍贵,但未免稀缺,至于驽骀,纵有万匹也不顶用。都是与“枥上骢”对比而言,是说皆不如“枥上骢”得力而有用,故下有终未如云云。麒麟,敦煌集本作“骐骥”,亦良马之名。

〔7〕华毂(gǔ),华丽的车子。骋飞鸿,奔驰起来如同飞鸿一样

神速。

〔8〕荷,受人之惠曰荷,犹云承蒙。剪拂,修剪拂拭,照料之意。这两句含有知遇效劳之意。

咏马鞭[1]

龙竹养根凡几年[2],工人截之为长鞭,一节一目皆天然。珠重重,星连连[3];绕指柔,纯金坚[4];绳不直,规不圆[5]。把向空中捎一声,良马有心日驰千[6]。

〔1〕这是一首咏物诗,写出佳鞭配良马,以利其用的欣悦之情。写作时间不详,姑次《画马篇》之后。

〔2〕龙竹,当即龙须竹,李衎《竹谱详录》卷五记龙须竹云:"生两浙山谷间,与猫头竹无异,根下节不甚密,析为蔑,平细柔韧。"

〔3〕珠、星,皆为马鞭的饰物。星亦指珠一类的东西。

〔4〕这两句说柔能绕指,坚如纯金,刚柔兼备。

〔5〕绳,绳墨,木工取直之具,这里作动词用。规,圆规,木工正圆之器,这里亦作动词用。这两句是说鞭子柔韧,无定形,难以规范。

〔6〕捎(shào),轻击。这两句写佳鞭好用,良马有心,配合默契。

赋得还山吟送沈四山人[1]

还山吟,天高日暮寒山深,送君还山识君心。人生老大须恣意,看君解作一生事〔2〕。山间偃仰无不至,石泉淙淙若风雨,桂花松子常满地〔3〕。卖药囊中应有钱,还山服药又长年〔4〕。白云劝尽杯中物,明月相随何处眠〔5〕?眠时忆问醒时意,梦魂可以相周旋〔6〕。

〔1〕这是一首送人还山归隐的诗,把隐居生活想像得十分闲适自在,但也写出孤寂之感。赋得,凡是指定、限定的诗题,例在题目上加此二字。沈四山人,即沈千运。《唐才子传》卷二:"千运,吴兴(今浙江吴兴县)人。工旧体诗,气格高古,当时士流皆敬慕之,号为'沈四山人'。"按作者尚有一首《赠别沈四逸士》,写于同时,中云:"疾风扫秋树,濮上多鸣砧。"与《同群公登濮阳圣佛寺阁》("来雁清霜后,孤帆远树中")时地相合,"群公"即指李白、杜甫,故知送别沈千运,在天宝五载(746)秋与李、杜由东平同游濮上之时。《唐才子传》亦云沈千运天宝中来濮上,高适赋《还山吟》赠行。

〔2〕解作,晓悟了。《唐才子传》谓沈千运"天宝中,数应举不第,时年齿已迈,……其时多艰,自知屯塞,遂浩然有归欤之志,赋诗曰:'栖隐无别事,所愿离风尘。不来城邑游,礼乐拘束人。'……尝曰:'衡门之下,可以栖迟,有薄田园,儿稼女织。偃仰今古,自足此生,谁能作小吏走风尘下乎?'"即这两句所指。

〔3〕偃仰,闲散自适。无不至,无所不当,犹云惬意。淙淙(cóng)水声。桂花、松子,为隐者所餐之物。

〔4〕古代隐士多采药自服,以求延年益寿,亦或兼营卖药,接济生计。此处兼用后汉韩康采药避名的故事。《后汉书·逸民·韩康传》:"韩康,字伯休,……家世著姓。常采药名山,卖于长安市,口不二价,三十余年。时有女子从康买药,康守价不移,女子怒曰:'公是韩伯休,那乃不二价乎!'康叹曰:'我本欲避名,今小女子皆知有我焉,何用药为?'乃

遁入霸陵山中。"

〔5〕杯中物，指酒。上句白云劝酒，下句明月相伴，皆写归山后，以自然为友的乐趣。

〔6〕醒时意，指醒时对朋友的思念。这两句是说眠时若不忘醒时的想念，就会在梦中相聚共欢。

古大梁行〔1〕

古城莽苍饶荆榛，驱马荒城愁杀人〔2〕。魏王宫观尽禾黍，信陵宾客随灰尘〔3〕。忆昨雄都旧朝市，轩车照耀歌钟起〔4〕；军容带甲三十万，国步连营一千里〔5〕。全盛须臾那可论，高台曲池无复存；遗墟但见狐狸迹，古池空余草木根〔6〕。暮天摇落伤怀抱，抚剑悲歌对秋草〔7〕。侠客犹传朱亥名，行人尚识夷门道〔8〕。白璧黄金万户侯，宝刀骏马填山丘〔9〕。年代凄凉不可问，往来唯见水东流〔10〕。

〔1〕这是一首怀古诗，其中多盛衰、兴亡之感，当有戒于现实而作。约作于天宝四载(745)秋，在此前后作者曾与李白、杜甫同游，多怀古之作。大梁，古地名，战国魏惠王徙都于此，故址在今河南开封市。

〔2〕饶，多。荆，灌木名。榛(zhēn)，树木丛生叫榛。荆榛，荆丛，这里泛指芜杂丛生的草木。这两句写古城荒凉的景色引起愁思。

〔3〕观，宫门双阙。宫观，指宫室。尽禾黍，长满了禾黍。《毛诗序》说："《黍离》(《诗经·王风》)，闵宗周也。周大夫行役，至于宗周，过故宗庙宫室，尽为禾黍，闵周室之颠覆，彷徨不忍去，而作是诗也。"语

意本此。信陵,指信陵君,即魏公子姬无忌,为魏昭王少子,安釐王异母弟。曾被安釐王封于信陵(今河南睢县)。他礼贤下士,传说有门客三千人。随灰尘,已化为灰尘,指死久骨朽。

〔4〕朝市,政治商业中心的都会。朝,朝廷;市,市井。古时都城前朝后市。轩,一种高贵的车子,古时大夫以上所乘。照耀,光采四照。歌钟,歌声钟鼓,泛指乐舞。

〔5〕带甲,披甲的武士。国步,犹国运、国势。

〔6〕草木根,枯根。

〔7〕摇落,指草木凋残。这两句触景生悲,抒吊古之幽情。

〔8〕这两句是说侯嬴、朱亥的侠义行为尚流传人世。侯嬴,魏国的隐士,年七十,家贫,为大梁城夷门的看守,信陵君知其贤,便礼遇他。后信陵君救赵,侯嬴献计盗虎符假托王命以调用晋鄙军,并为此殉身。朱亥,侯嬴之友,隐于市井,以屠宰为业,经侯嬴推荐,也受到信陵君的厚遇。救赵时,他随信陵君同往晋鄙军中,晋鄙疑虑,不授信陵君兵,朱亥便用铁椎把他击死,使信陵君得以发兵救赵。详见《史记·信陵君列传》。

〔9〕白璧,美玉。万户侯,食邑万户的列侯。这两句是说侯门贵族亦不免一死。

〔10〕年代凄凉,年久淡寂之意。这两句总结全诗,是说大自然依旧,而人事皆非。

别杨山人〔1〕

不到嵩阳动十年,旧时心事已徒然〔2〕;一二故人不复见,三十六峰犹眼前〔3〕。夷门二月柳条色,流莺数声泪沾臆〔4〕。

凿井耕田不我招,知君以此忘帝力〔5〕。山人好去嵩阳路,惟余眷眷长相忆〔6〕。

〔1〕这是一首赠别诗,叙旧惜别,情长依依。诗题《唐诗所》作"送杨山人归嵩阳",《全唐诗》同。据诗中所述地域时序,参考李白《送杨山人归嵩阳山》诗,知此诗当作于天宝四载(745)春。自去秋起与李白、杜甫同游梁宋,此时正在开封(今河南开封市)。

〔2〕嵩阳,县名,隋置,唐武后时改为登封(今河南登封)。嵩山在登封北。徒然,空然。这两句说自己不到嵩阳不觉十年,以往的心愿已经落空。

〔3〕三十六峰,据《河南通志》卷七,嵩山西峰少室山有三十六峰。这两句感叹几位旧交已遭变故,唯有三十六峰一如既往。

〔4〕夷门,战国魏都大梁城东门,因在夷山之上得名。故址在今河南开封城内东北隅。后人遂指开封为夷门。这两句点明送别的时地,别情难捺,闻莺泪下。

〔5〕《乐府诗集·杂歌谣辞》引《帝王世纪》:"帝尧登位,天下大和,百姓无事,有八十老人击壤于道,观者叹曰:'大哉帝之德也!'老人歌曰:'吾日出而作,日入而息,凿井而饮,耕田而食,帝力于我何有哉?'"这本是对尧安民之政的歌颂,说民受其德而不受其治,后世则以"凿井耕田""忘帝力"指隐居。

〔6〕眷眷(juàn),怀顾的样子。

东平路中遇大水〔1〕

天灾自古有,昏垫弥今秋〔2〕。霖霪溢川原,澒洞涵田畴〔3〕。

34

指塗适汶阳,挂席经芦洲〔4〕。永望齐鲁郊,白云何悠悠〔5〕!傍沿钜野泽,大水纵横流〔6〕。虫蛇拥独树,麋鹿奔行舟〔7〕。稼穑随波浪,西成不可求〔8〕。室居相枕籍,蛙黾声啾啾〔9〕。乃怜穴蚁漂,益羡云禽游〔10〕。农夫无倚着,野老生殷忧〔11〕。圣主当深仁,庙堂运良筹〔12〕。仓廪终尔给,田租应罢收〔13〕。我心胡郁陶,征旅亦悲愁〔14〕。纵怀济时策,谁肯论吾谋〔15〕!

〔1〕本诗作于天宝四载(745)秋,由洛阳而南,途经安徽亳县赴鲁途中。《旧唐书·玄宗纪》载:"天宝四载,秋八月,河南(今河南洛阳市)、睢阳(今河南商丘)、淮阳(今河南淮阳)、谯(今安徽亳州)等八郡大水。"这是一首纪行的诗,写路遇大水,人民受灾,表现出深沉的关切与同情,以及强烈的济时救民的愿望。东平,唐郡名,治所须昌,在今山东东平西北十五里。

〔2〕昏垫,困于水灾之意。《尚书·益稷》:"洪水滔天,浩浩怀山襄陵,下民昏垫。"弥,更加。这两句说天灾自古有之,今秋的水灾更为严重。

〔3〕霖霪,久雨不止。溢川原,河水横溢,川原不分之意。顸洞(hòng dòng),相连无涯际的样子。涵,容,引申为淹没之意。

〔4〕塗,通"途"。适,往。汶阳,指东平郡所须昌。唐代汶水故道,在今山东大汶河以南,须昌在其北,故称汶阳。挂席,即挂帆。《文选》木华《海赋》:"维长绡,挂帆席。"李善注:"随风张幔曰帆,或以席为之。"芦洲,在今安徽亳州以东涡河北岸。

〔5〕永望,长望。纵目远眺之意。悠悠,眇远无尽头貌。

〔6〕钜野泽,《元和郡县志》卷十一"大野泽,一名钜野,在(钜野)县

35

（今山东巨野）东五里，南北三百里，东西百余里。"纵，底本作"缓"，疑形近而误，今据《唐百家诗选》、明仿宋刻本改。

〔7〕虫蛇，泛指爬虫之属。拥，群聚。上句是说爬虫本穴居，因遭水淹只能聚缠于水中孤树以图活命。下句是说走兽因遭水淹而奔向行舟以图活命。

〔8〕稼穑，耕作收割，这里泛指农作物。随，从，这里犹付与。西成，古时以东南西北四方配春夏秋冬四季，秋位在西，西成即秋成，指秋天的收成。语出《尚书·尧典》。

〔9〕室居，室屋。相枕籍，交横相枕而卧。这里指房屋交横倒塌。黾（mǐn），即蛙，蛙为两栖动物，古时在水称黾，在陆称蛙，见《尔雅·释鱼》。啾啾（jiū），蛙鸣声。

〔10〕云禽，飞禽。以上四句写居处无着。

〔11〕倚着，倚靠着落。野老，指民间长老。殷忧，深忧。

〔12〕圣主，对皇帝的尊称。庙堂，指朝廷。运良筹，采取妥善的措施。

〔13〕终，终当。上句写开仓救济，下句写免收租税。"圣主"四句是作者的一种希望，也是对农民的安慰之辞。

〔14〕胡，何。郁陶，忧思郁结貌。这两句是说忧民之心与离愁别绪交织在一起。

〔15〕纵，纵然。济时策，匡救当世的策略。这两句说纵然怀有济时之策，又有谁肯论及我的谋略呢！为怀才不遇之叹。

送前卫县李寀少府〔1〕

黄鸟翩翩杨柳垂，春风送客使人悲〔2〕。怨别自惊千里外，论交却忆十年时。云开汶水孤帆远,路绕梁山匹马迟〔3〕。此地从来可乘兴,留君不住益凄其〔4〕。

〔1〕本诗作于天宝五载(746)春,去秋高适自梁宋来居东平郡。诗中写惜别,情景交融,委婉深切。卫,卫县,属唐河北道汲郡,在今河南省淇县。少府,县尉的别称。前卫县李寀少府,即前任卫县尉李寀。诗题底本原作"送前卫李寀少府",此从明仿宋刻本。《文苑英华》《全唐诗》作"东平别前卫县李寀少府",更标明送别地点为东平。

〔2〕黄鸟,黄莺。翩翩,飞得快而轻捷的样子。这两句点明送别的季节。

〔3〕汶水,唐代汶水故道,在今山东大汶河略南。今大汶河源出莱芜县东北原山,西流叉开两支,分别入东平湖和运河。梁山,在山东东平湖西南。上句写友人离去,下句写自己归来;"远"字表明怅望良久,"迟"字说明不忍归返,写出了无限留恋之情。

〔4〕凄其,寒貌。这里形容心境,犹凄凉。

封丘县〔1〕

我本渔樵孟诸野,一生自是悠悠者〔2〕。乍可狂歌草泽中,宁堪作吏风尘下〔3〕!只言小邑无所为,公门百事皆有期〔4〕。拜迎官长心欲碎,鞭挞黎庶令人悲〔5〕。归来向家问妻子,举家尽笑今如此〔6〕。生事应须南亩田,世情付与东流水〔7〕。梦想旧山安在哉?为衔君命日迟迴〔8〕。乃知梅福徒为尔,转忆陶潜归去来〔9〕。

〔1〕本诗作于天宝八载(749)以后,任封丘尉期间。这是一首自叙身世、慨叹作吏之难的诗,写出了仕宦与隐居、孤高自尊与拜迎官长、仁爱恻隐与鞭挞黎庶、辞官与君命等种种矛盾,一唱三叹,回旋迭宕,极尽心曲,真实感人。封丘,唐县名,属陈留郡(汴州),即今河南封丘。诗题他本均作《封丘作》,当为原貌。

〔2〕渔樵,捕鱼采薪。孟诸,古泽名,在今河南商丘县东北,接虞城境。悠悠者,自由自在的人。这两句是说自己出仕前曾长期隐居宋城,亦即睢阳(今商丘)一带农村,闲适自在。

〔3〕乍可,犹言"只可"。狂歌,《论语·微子》:"楚狂接舆歌而过孔子曰:'凤兮凤兮,何德之衰?往者不可谏,来者犹可追。已而,已而!今之从政者殆而!'"这里是放荡不羁、不干政事之意。宁堪,怎堪。风尘,指奔波忙碌的仕途、尘世。

〔4〕公门,犹公家、官家。期,程期,指办理公事所规定的期限。这两句是说原想在小邑作吏很清闲,那知种种事务都得限期完成。

〔5〕黎庶,老百姓。这两句写不堪为吏生涯,上句表现了作者的自尊,下句道出了对人民的同情。

〔6〕妻子,妻子与子女。举家,全家。这两句意谓回家探问妻儿老小如何是好,全家人都苦笑现在落到这个地步。

〔7〕生事,泛指谋生之事。南亩,此词初见于《诗经》,古代原把田地南北长者叫南亩,以别于东西长者的东亩,后用为对田亩的泛称。世情,这里指仕宦的念头。这两句是说本应靠躬耕为生,抛弃仕宦念头。

〔8〕旧山,指过去曾经隐居过的地方。衔君命,奉君命。迟回,迟疑不决的意思。这两句是说很想辞官归隐,但又意识到自己的职务为朝廷所委派,因此迟疑不决。

〔9〕梅福,西汉末九江郡寿春县(今安徽寿县)人,字子真。曾做南

昌尉,后弃官而去。但他耿介忠直,仍十分关心国家,曾数次上书言事,却终不被接纳。见《汉书·梅福传》。徒为尔,犹言徒劳而已。"尔"为语气词。陶潜,晋浔阳柴桑(今江西九江)人,字渊明。曾任彭泽县令,在官八十余日,岁终,郡遣督邮至,照例应束带谒见。他叹息说:"我岂能为五斗米,折腰向乡里小儿?"于是弃官而去,并写了《归去来辞》以表志。归去来,即《归去来辞》,来为语气词。以上四句,思想感情颇为曲折:先想隐去,但因身职乃朝廷所授,颇感犹豫;至意识到自己也会象梅福一样,落得一片忠心而徒劳无功,便又转而坚定了归隐的信念。

封丘作[1]

州县才难适,云山道欲穷[2]。揣摩惭黠吏,栖隐谢愚公[3]。

〔1〕这首诗的思想与《封丘县》相同,写得更为含蓄。亦作于任封丘尉期间。

〔2〕州县,指州县之官。才难适,才能难以适应。具体针对下文"揣摩惭黠吏"和《封丘县》:"拜迎官长心欲碎,鞭挞黎庶令人悲"而言的。云山,古人常用以泛称隐居之地。这两句道出了诗人仕宦与归隐进退两难的处境。

〔3〕揣(chuǎi)摩,揣测琢磨。这里指官场的逢迎与机诈行径。黠,狡猾。栖隐,即隐居。谢,辞别。愚公,即《列子·汤问》中所写的隐者北山愚公,这里作者借指旧时与己同隐的朋友。这两句是说身居虚伪狡诈的官场,羞与狡猾的官吏同流合污,留恋隐居的生涯,但已与旧时同隐的朋友告辞。表现出矛盾、悔恨的心理,与前两句紧相呼应。

睢阳酬别畅大判官[1]

吾友遇知己，策名逢圣朝[2]。高才擅白雪，逸翰怀青霄[3]。承诏选嘉兵，慨然即驰轺[4]。清昼下公馆，尺书忽相邀[5]。留欢惜别离，毕景驻行镳[6]。言及沙漠事，益令胡马骄[7]。大夫拔东蕃，声冠霍嫖姚[8]。兜鍪冲矢石，铁甲生风飚[9]。诸将出井陉，连营济石桥[10]。酋豪尽俘馘，子弟输征徭[11]。边庭绝刁斗，战地成渔樵[12]。榆关夜不扃，塞口长萧萧[13]。降胡满蓟门，一一能射雕[14]。军中多燕乐，马上何轻趫[15]。戎狄本无厌，羁縻非一朝[16]。饥附诚足用，饱飞安可招[17]！李牧制儋蓝，遗风岂寂寥[18]？君还谢幕府，慎勿轻刍荛[19]。

〔1〕这是一首赠别诗，与友议论边事，抒发胸怀，歌颂了开元末年东北边塞的战绩，表达了主张厚遇汉卒，反对重用降胡的边策思想。睢阳，唐郡名，即原宋州，天宝元年更名，治所在今河南商丘县。畅大，即畅璀，据章定《名贤氏族言行类稿》卷四十六载："唐户部尚书畅璀，尚书左丞畅悦"，知畅璀、畅悦为兄弟，畅璀排行居长。又据《旧唐书·畅璀传》："天宝末，安禄山奏为海运判官。"判官，官名，为节度、观察、防御等使的僚属，位次副使，总掌军府事务。按《通鉴》，开元二十八年（740）八月，幽州奏破奚、契丹（时御史大夫李适之为幽州节度使）。此后数年间，东北边境无事。至天宝四载（745）平卢兼范阳节度使安禄山欲以边功市宠，数侵掠奚、契丹，奚、契丹各杀唐和亲公主而叛，安禄山一再出

40

击,并重用胡兵,养同罗、奚、契丹降者八千余人,谓之"曳落河"(胡语"壮士"之意)。天宝十载(751)二月,安禄山又兼河东节度使,八月率三道兵六万人讨契丹,以降奚骑兵二千又为向导,奚叛,与契丹兵合击唐兵,唐兵死伤惨重。次年三月,为雪此败之耻,又发番汉步骑二十万击契丹。畅璀至睢阳选兵,或与此举有关,据此本诗当作于天宝十载(751)。

〔2〕知己,指平卢兼范阳节度使安禄山。策名,仕宦之意。语出《左传》僖公二十三年,当时仕者把自己的名字记在所臣事之人的简策上,以明系属。

〔3〕白雪,即阳春白雪,歌曲名,为楚国高级的音乐。《文选》宋玉《对楚王问》引用一个故事说:有人在楚唱歌,唱"下里巴人"时,"国中属而和者数千人";唱"阳春白雪"时,"国中属而和者,不过数十人"。逸,超越寻常。翰,强劲的翅羽。怀,思。青霄,青云。这两句说畅璀才能杰出,志向高远。翰,敦煌选本作"翮"。怀,敦煌选本作"凌"。

〔4〕承诏,接受皇帝命令。轺(yáo),轻便的车子。驰轺,谓飞速驱车出使。

〔5〕公馆,本谓国君所居的宫室和馆舍,后又用来称官舍。尺书,即书信。使用简牍时期,古人用一尺长的木简写信,后遂有尺书之称。这两句是说畅璀公事之余,写信邀己欢聚。

〔6〕毕景(yǐng),日夕。景,即日影。镳(biāo),马衔,这里指马。驻行镳,指留处未行。这两句是说欢聚惜别,日晚未行。

〔7〕沙漠事,指东北边境戍卫的情况。胡马,这里借指胡人。骄,纵恣。这两句是说边策失当,致使胡人越来越骄横。漠,敦煌选本作"塞"。胡,敦煌选本作"人"。可参。

〔8〕大夫,《通鉴》胡三省注云:"唐中世以前,率呼将帅为大夫,白居易诗所谓武官称大夫是也。"(卷二一五)又云:"唐边镇诸帅或带御史中丞、大夫时,随其所带官称之。"(卷二一六)盖此种称谓的由来或与边

镇诸帅多兼御史大夫职有关。考史实,此大夫当指御史大夫幽州节度使李适之,下文概述开元二十七年(739年),他兼幽州节度使以来的战绩。东蕃,指东北边疆的奚、契丹等族。嫖姚,同剽姚、票飘。《史记·卫将军骠骑列传》索隐:"票飘,劲疾之貌也。"霍剽姚,即汉朝剽姚校尉霍去病,为当时征伐匈奴的名将。大夫,底本作"丈夫",疑形近而误,今据敦煌选本改。

〔9〕兜鍪(dōu móu),作战时所戴铁盔。铁甲,作战护身之具,披于肩膊的叫掩膊,挡胸的称胸甲,贴于两腋的叫护腋,垂于两腿的叫腿裙,皆用铁制。这两句写战士冲锋之勇猛迅速。

〔10〕井陉(xíng),井陉关,在今河北省井陉东北,与获鹿接界。此关自秦以来,为军事要塞,即《淮南子》所谓天下九塞之一。敦煌选本、清影宋抄本、《全唐诗》均作"冷陉",即冷口,为长城隘口,在今河北省迁安县北,于地理位置为合。石桥,未详。

〔11〕酋豪,番族首领。馘(yuè),杀死敌人,割取其左耳以计功之谓。子弟,与酋豪相对,指其部属。边境民族多为氏族部落制,氏族尊长亦即部落酋长,故部属称子弟。输征徭,纳赋供役。

〔12〕刁斗,见《燕歌行》注〔14〕。这两句说边疆宁静,战场变成了和平生产的环境。

〔13〕榆关,见《燕歌行》注〔5〕。扃(jiōng),门扇上的环钮,作自外关闭之用。不扃,即不关闭。萧萧,寒风声。这里含有沉寂之义,指已无战事。

〔14〕蓟门,见《蓟门五首》注〔1〕。这两句说降胡屯居蓟门,都是善射的游牧民族。

〔15〕燕乐,燕飨作乐。轻趫(qiáo),举动敏捷。这两句不仅写降胡善骑,也写出在唐王朝笼络政策下,归降胡族逍遥自得的生活。《蓟门五首》:"戍卒厌糟糠,降胡饱衣食",更从与汉兵的对比中反映了这一点。

〔16〕厌,满足。羁縻,约束、牵制。这两句是说归降的胡族贪得无餍,对他们的笼络不是一朝一夕所能满足的。

〔17〕这两句说明对归降胡兵的笼络政策是靠不住的,或是针对天宝十载进攻契丹时,安禄山用作向导的二千奚兵叛唐归契丹反戈一事而发。《三国志·魏志·张邈传》:陈登喻吕布曰:"登见曹公(曹操),言待将军譬如养虎,当饱其肉,不饱则将噬人。公曰:'不如卿言也,譬如养鹰,饥则为用,饱则扬去。'"二句意出此。

〔18〕李牧,见《塞上》注〔5〕。儋(dān)蓝,亦作"襜褴",战国时北方的一个部族,为李牧所灭。遗风,犹余声,指李牧厚遇士卒而破敌的声名。

〔19〕谢,以辞相告。幕府,军旅出征,施用帐幕,故将军府称幕府。这里借指将帅。蒭荛,采薪者。"蒭"通"刍",《诗经·大雅·板》:"先民(古之贤人)有言,询于刍荛。"泛指下层人民。这里是指士卒。这句说且勿慢待士卒,是针对《蓟门五首》:"戍卒厌糟糠"及《燕歌行》:"战士军前半死生,美人帐下犹歌舞"那种情况而言,表现了作者主张重用汉兵的思想。

送兵到蓟北〔1〕

积雪与天迥,屯军连塞愁〔2〕。谁知此行迈〔3〕,不为觅封侯〔4〕!

〔1〕本诗作于天宝十载(751)冬,时作者以封丘尉出使清夷军(属范阳节度)送兵。按作者送兵当紧接畅大判官至睢阳选兵之后,选兵与送兵皆与次年三月安禄山发番汉兵二十万大举进攻契丹有关。参见《睢

阳酬别畅大判官》注〔1〕。诗中表现了作者官卑职微,徒劳行役,无所作为的感慨。

〔2〕与,共。迥(jiǒng),远。屯军,驻扎的兵。上句说大地的积雪一直延伸到天的尽头,写出边塞广漠气象。下句说满塞的驻兵,愁苦无边,表现了作者对边事的关注。

〔3〕行迈,远行。

〔4〕觅,求。封侯,侯是一种爵位,汉代多用以封功臣,这里封侯泛指立功受禄。

使清夷军入居庸三首^{〔1〕}

匹马行将久,征途去转难^{〔2〕}。不知边地别,只讶客衣单^{〔3〕}。溪冷泉声苦,山空木叶干^{〔4〕}。莫言关塞极,云雪尚漫漫^{〔5〕}。

〔1〕此组诗与《送兵到蓟北》作于同时。第一首写征途之艰苦。第二、三首写官微职卑,安边之志难酬,徒劳无功,决心辞官归隐。清夷军,唐于居庸关外妫州(今河北省怀来县东)置清夷军,为范阳节度使所统九军之一。居庸,即居庸关,唐代亦称蓟门关,位于居庸山中,悬崖夹峙,巨涧中流,形势极险,自古以来,即为重要的关塞。《淮南子·墬形训》:"天下九塞,居庸其一。"

〔2〕将,且。这两句说,匹马出使,行日尚久,而且征途日益艰险难走。

〔3〕别,异。讶,疑怪。这两句说,没料想边塞寒冷异于内地,还只怪是自己的衣服穿得太单薄了。

〔4〕苦,凄苦。木叶,即树叶。"干"字不仅写出了叶子的枯黄,也

44

写出了风吹焦叶的声响。这两句写景,带有浓厚的感情色彩,描绘出一片萧瑟景象。

〔5〕极,尽头。漫漫,无边际貌。这两句以云雪漫无边际来描写边塞之遥无尽头。

古镇青山口,寒风落日时〔1〕。岩峦鸟不过,冰雪马堪迟〔2〕。
出塞应无策,还家赖有期〔3〕。东山足松桂,归去结茅茨〔4〕。

〔1〕古镇,指居庸关。青山,指居庸山。这两句说正值寒风落日之时来到居庸关。

〔2〕马堪迟,是说马勉强还能迟迟行进。上句写山高,下句写路险。

〔3〕无策,指没有安边的计策。这是出于愤慨的反话,作者实际是认为自己有策略而无法施展,如《蓟中作》说:"岂无安边书?诸将已承恩。"赖有期,指这次送兵是临时行役,为时不久。这是自我宽慰的话。

〔4〕东山,东晋时谢安曾经隐居东山(在浙江上虞县西南),后世遂以东山泛指隐居之地。足松桂,不乏食物之意,松子、桂花为隐者所餐之物。《赋得还山吟送沈四山人》有"桂花松子常满地"句。茅茨,草屋。这两句写决心归去隐居,决非一时感慨,而是实际打算。作者送兵归后,于同年秋果辞去封丘尉职。

登顿驱征骑,栖遑愧宝刀〔1〕。远行今若此,微禄果徒劳〔2〕。
绝坂冰连下,群峰雪共高〔3〕。自堪成白首,何事一青袍〔4〕!

〔1〕登顿,上下,指翻山越岭,行路艰难。栖(xī)遑,匆忙不得安居之意。宝刀,象征武艺。这两句是说奔波行役,碌碌无为,有负理想,颇

感自愧。遑,底本作"迟",今从敦煌选本。

〔2〕微禄,微薄的俸禄,指当时所任封丘尉职。这两句与前两句呼应。

〔3〕绝坂(bǎn),极陡的山坡。冰,底本作"水",今从敦煌选本。雪,底本作"云",今从敦煌选本。

〔4〕自堪,自可。青袍,指县尉职。唐贞观三年制:八品九品官,服青色(见《通典·礼二十一》)。县尉为从九品,故谓青袍。这两句说自可蹉跎而老,何必做一个小小的县尉!

自蓟北归〔1〕

驱马蓟门北,北风边马哀。苍茫远山口,豁达胡天开〔2〕。五将已深入,前军止半回〔3〕。谁怜不得意,长剑独归来〔4〕!

〔1〕作于北使送兵归时。诗中慨叹边将无能,自己怀有边策却不得实施。

〔2〕苍茫,旷远迷茫的样子。豁达,畅豁开阔。这两句用移动的笔触,顿然展现出山内山外迥异的两个天地。

〔3〕五将,《汉书·匈奴传》:汉宣帝本始二年,"遣御史大夫田广明为祁连将军,四万余骑出西河;度辽将军范明友三万余骑出张掖;前将军韩增三万余骑出云中;后将军赵充国为蒲类将军,三万余骑出酒泉;云中太守田顺为虎牙将军,三万余出五原:凡五将军,兵十余万骑,出塞各二千余里。"诗用此典,以称诸将。回,返。这两句说诸将率兵深入敌境,战士生还者只有半数,暗含对指挥不当的讽意。

〔4〕《战国策·齐策》:冯谖为孟尝君门客,起初不为所重,冯谖屡

46

次倚柱弹剑歌曰:"长铗(剑)归来乎",不满对自己的待遇,以申欲归之志。孟尝君每次都满足了他提出的要求,最后终以上士待之,冯谖遂不再歌。这两句用此典,是说没有象孟尝君那样的人来看重自己,果真落得失意归来。

蓟中作[1]

策马自沙漠,长驱登塞垣[2]。边城何萧条,白日黄云昏[3]。一到征战处,每愁胡虏翻[4]。岂无安边书?诸将已承恩[5]。惆怅孙吴事,归来独闭门[6]!

〔1〕本诗亦作于天宝十一载(752)送兵归时。敦煌选本题作《送兵还作》。诗中表现了作者对边防的极大关切,慨叹承恩诸将束手无策,自己怀有安边之计,却无由实现。

〔2〕策,马箠,相当于后来的马鞭。这里用为动词,即驱马前进之意。塞垣,犹言关塞。

〔3〕这句是说黄云布天,日光昏暗。

〔4〕翻,即反叛的意思。

〔5〕安边书,指安靖边疆的策略。承恩,受到皇帝的宠幸。

〔6〕惆怅,失意貌。孙吴事,指用兵之事。春秋时的孙武和战国时吴起,都是著名的军事家,均著有《兵法》,后常以孙吴并称。闭门,不与闻世事之意。《后汉书·冯衍传》:"西归故乡,闭门自保";《陈寔传》:"闭门悬车,栖迟养老。"这是作者的愤慨之词。

答侯少府〔1〕

常日好读书,晚年学垂纶〔2〕。漆园多乔木,睢水清粼粼〔3〕。诏书下柴门,天命敢逡巡〔4〕?赫赫三伏时,十日到咸秦〔5〕。褐衣不得见,黄绶翻在身〔6〕。吏道顿羁束,生涯难重陈〔7〕。北使经大寒,关山饶苦辛〔8〕。边兵若刍狗,战骨成埃尘〔9〕。行矣勿复言,归欤伤我神。如何燕赵陲,忽遇平生亲〔10〕?开馆纳征骑,弹弦娱远宾。飘飘天地间,一别方兹晨〔11〕。东道有佳作,南朝无此人〔12〕。性灵出万象,风骨超常伦〔13〕。吾党谢王粲,群贤推郗诜〔14〕。明时取秀才,落日遇蒲津〔15〕。节苦名已富,禄微家转贫〔16〕。相逢愧薄游,抚己荷陶钧〔17〕。心事正堪尽,离忧宁太频〔18〕!两河归路遥,二月芳草新〔19〕。柳接潞沱暗,莺连渤海春〔20〕。谁谓行路难,猥当希代珍。提握每终日,相思犹比邻〔21〕。江海有扁舟,丘园有角巾〔22〕。君意定何适?我怀知所遵〔23〕。浮沉各异宜,老大贵全真〔24〕。莫作云霄计,栖遑随搢绅〔25〕。

〔1〕作于天宝十一载(752)春北使清夷军归途。诗中回顾了自己的身世,从隐居梁宋,应征中第,授封丘尉职,北使送兵,直写到南归途中与侯少府相遇而别。赞朋友,叙旧情,感慨仕途坎坷,商量今后归宿,充满肺腑之言。

〔2〕纶,丝制的钓鱼线。垂纶,即垂钓。隐者常以钓鱼为乐。

48

〔3〕漆园,古地名,在今河南省商丘县。庄子曾为蒙漆园吏。睢水,发源于河南杞县,流经商丘。粼粼,清澈的样子。以上四句写出仕前的读书隐居生涯。

〔4〕诏书,古代帝王发布之文书。此指征举人材的诏书。柴门,以柴为门,多用以称平民鄙陋之居。这是诗人对自己居所之谦称。天命,即皇帝之命。敢,怎敢。逡(qūn)巡,迟缓,怠慢。这两句是说收到皇帝征举诏书,立即启程,不敢怠慢。

〔5〕赫赫,燥热之状。三伏,即伏天;夏至后第三庚(第三个十天)起,三十日(或四十日)内,谓之伏天,前十日为初伏,中十日(或二十日)为中伏,末十日(亦即立秋后的第一庚)为末伏。咸秦,咸阳,秦自孝公以后建都于此,故称咸秦。这里借指唐都长安。

〔6〕褐衣,平民之服。不得见,指脱掉。黄绶,黄色的系印带子。《隋书·礼仪志》:"诸县尉铜印……黄绶。"这两句即解褐授官的意思。宋晁公武《郡斋读书志》卷四:"天宝八载,(适)举有道科,中第。"遂即授封丘尉职。以上六句写了这一过程。

〔7〕吏道,即为吏之道,指做吏的例行公事。顿,顿时,立刻。羁束,即约束。这两句概述任封丘尉时为吏生涯的难堪。

〔8〕北使,指天宝十载冬以封丘尉奉命送兵至北塞清夷军(属范阳节度使)事。经大寒,此次送兵,冬去春还。饶,多。

〔9〕刍狗,古人结草为狗,供祭祀之用,祭终则弃之。故后世称物之轻贱者为刍狗。《老子》:"天地不仁,以百姓为刍狗。"这两句是说边塞士卒受着非常轻贱的待遇,年深日久,阵亡甚多。

〔10〕如何,犹云哪知。燕、赵,战国时国名,其区域相当于今河北及山西北部一带。陲,边疆。唐时,燕赵以北与奚、契丹等族接壤,故称边陲。平生亲,平生至交。这两句是说意外在燕赵边地与至交侯少府相遇。

〔11〕飘飖,无所倚着,动荡不定。这两句是说四处飘泊,今晨恰又离别。

〔12〕东道,即东道主,谓主人,指侯少府。南朝,东晋之后,国内南北政权并存,在南方相继建立的四个汉族政权:宋、齐、梁、陈,史称南朝。当时文学上崇尚声律辞藻,虽有浮靡的不良倾向,但也出现过许多著名诗人,对诗歌艺术的发展做出了贡献。这两句称赞侯少府的诗作和文采,是说侯少府的诗作,南朝无人可比。

〔13〕性灵,天赋之情性。《南史·文学传叙》:"自汉以来,辞人代有,大则宪章典诰,小则抒发性灵。"此指诗作所体现的情性。出,突出。万象,犹万般,万类。风骨,指文风文骨,《文心雕龙·风骨》:"辞之待骨,如体之树骸,情之含风,犹形之包气。结言端直,则文骨成焉;意气骏爽,则文风清焉。……若瘠义肥辞,繁杂失统,则无骨之徵也;思不环周,索莫乏气,则无风之验也。"常伦,犹常类。这两句是说侯少府诗作的内容和文辞皆出类拔萃。

〔14〕吾党,犹言我辈。谢,让,即退避、自知不如之意。王粲,三国魏高平人,字仲宣,博学多识,为建安七子之一。郗诜(xì shēn),字广基,晋济阴单父人。博学多才,瑰伟倜傥,不拘细行。仕宦威严明断,甚有声誉。《晋书》有传。推,推许、佩服。这两句分别以王粲、郗诜比侯少府。

〔15〕明时,开明盛世。秀才,据《唐摭言》:进士通称为秀才。蒲津,亦名蒲坂津,黄河渡口,在山西永济县西。这两句写侯进士及第,授县尉后赴任。

〔16〕节苦,苦守节操。富,盛。这两句意谓侯做官守正不阿,廉洁奉公,享有盛名而家境清贫。

〔17〕薄游,薄于游宦,不居高位。夏侯湛《东方朔象赞》:"以为浊世不可以富贵也,故薄游以取位。"谢灵运《初去郡》诗:"薄游似邴生",《文选》李善注:"班固《汉书》曰:'邴曼容养志自修,为官不肯过六百石,

〔过〕辄自免去。'"荷,承人恩惠叫荷。陶钧,制陶器模下所用的转盘。《史记·鲁仲连邹阳列传》:"是以圣王制世御俗,独化于陶钧之上。"这是说圣王治天下犹如陶工转钧,后遂以"陶钧"比喻"圣王之治"。荷陶钧,即蒙受"圣王之治"的意思。这两句是说相逢后甚愧官微,然蒙受圣王之治,又使自己受到抚慰。

〔18〕宁,怎奈。太频,过于急促。这两句说所幸相逢正可以谈尽心事,怎奈离别又在眼前!

〔19〕两河,即两河之间,《吕氏春秋·有始览》:"两河之间为冀州,晋也。"高诱注:"东至清河,西至西河。"这两句是说行至两河之间,归途尚远,正值初春季节。

〔20〕滹沱,河名,源出山西繁峙县泰戏山,流至河北献县纳釜阳河,会入子牙河。这两句是说柳暗莺喧,滹沱至渤海,一片春色。

〔21〕"谁谓"四句:猥(wěi),苟且。希代珍,稀世珍宝,以喻侯少府的赠诗。提握,执持。这四句说,谁说行途艰难,且把你的赠诗当作稀世珍宝,常常终日握持玩味,思念起来就象在近邻一样。

〔22〕扁舟,小舟。《史记·货殖列传》:"范蠡既雪会稽之耻,乃乘扁舟,浮于江湖。"诗中以扁舟表示归隐之意。丘园,丘墟园圃,指贤者隐居的素质之处。《易·贲·六五》:"贲(饰)于丘园,束帛戋戋(众多的样子)",旧注以为丘园饰用俭约,不尚华侈。角巾,一种有角的头巾,古时隐者所服。明抄本、清影宋抄本均作"渔巾"。

〔23〕适,往。遵,循从。以上四句意谓江海丘园皆可隐居,你的意向怎样呢?我心中已知去向。言明已决定归隐。

〔24〕浮,指出仕。沈,指退隐。老大,年老。全真,保全真性。真性即道家所谓人类固有的质朴本性,并且以为只有顺随自然,不受拘束,才能保全。这两句是说出仕与隐退,情况不同,因时制宜,年老之后以归真返朴为尚。

〔25〕云霄计,指仕进。栖遑,匆急不安貌。搢绅,古代大官,每把朝板(笏)插搢在衣带(绅)里,后来遂把做官者称为"搢绅"。这两句说不要再求仕进,随着大官们栖栖遑遑到处奔忙了。以上八句与侯少府商议出路归宿。

同薛司直诸公秋霁曲江
俯见南山作〔1〕

南山郁初霁,曲江湛不流〔2〕,若临瑶池间,想望昆仑丘〔3〕。
回首见黛色,眇然波上秋〔4〕。深沉俯峥嵘,清浅延阻修〔5〕。
连潭万木影,插岸千岩幽〔6〕。杳蔼信难测,渊沦无暗投〔7〕。
片云对渔父,独鸟随虚舟〔8〕。我心寄青霞,世事惭白鸥〔9〕。
得意在乘兴,忘怀非外求〔10〕。良辰自多暇,欣与数子游。

〔1〕作于天宝十一载(752)秋,时高适已辞封丘尉,正游长安,沦落失意。这是一首记游的和诗,描写佳景,流露出对隐居生活的向往。司直,据《旧唐书·职官志》,大理寺有司直六人,从六品上,掌出使推核案情。霁,雨过天晴。曲江,亦称曲江池,在长安城东南十里。其水曲折,流注成池。池畔有紫云楼、芙蓉苑、杏园、慈恩寺、乐游原等名胜。池今已填塞。南山,即终南山,在万年县(今陕西长安县)南五十里。

〔2〕郁,林木积聚茂密的样子。湛(zhàn),清澄。

〔3〕瑶池、昆仑,皆为我国古代神话传说中西方的仙境。相传瑶池临昆仑,为西王母所居。见《穆天子传》《神仙传》。

〔4〕黛,指苍翠的山色。眇然,旷远迷茫,一望无尽的样子。

〔5〕峥嵘，高峻的样子。庾信《终南山铭》有"峥嵘下镇"语。阻修，曲折而漫长。上句为俯视，见峥嵘的终南山深映在曲江之中，正应诗题"俯见南山"语；下句为平眺，又觉曲江清浅，弯弯曲曲延伸开去。

〔6〕插，植立。上句写水中丛树的倒影，下句写耸立岸边的群峰。

〔7〕杳蔼，深窈冥暗。渊沦，水深的样子。无，同毋。暗投，即明珠暗投，语出邹阳《狱中上梁王书》："臣闻明月之珠、夜光之璧，以暗投人于道路，人无不按剑相眄者，何则？无因而至前也。"比喻无所凭依而遭弃置。这两句触景感怀，由山的杳蔼、水的渊沦，联想到人心莫测，发出切勿明珠暗投的警戒，思欲避世。

〔8〕渔父，此为实地所见的一个渔父，但在作者笔下，他是一个与世无争，以自然为友的隐者的传统形象，参见《楚辞·渔父》。

〔9〕青霞，即青云，喻隐逸。世事，指求仕。惭白鸥，《列子·黄帝》："海上之人有好沤（同鸥）鸟者，每旦之（到）海上，从沤鸟游，沤鸟之至者百住而不止。其父曰：'吾闻沤鸟皆从汝游，汝取来吾玩之。'明日至海上，沤鸟舞而不下也。"这个故事是说不萌机心，致使异类相与亲近。后遂对隐居水乡有"鸥盟"之称。这两句是说自己本想隐居，但为世事所牵，有惭于白鸥，不能与它为盟。

〔10〕忘怀，心不系恋于事物。这两句说忘怀全在自得其适，不能从身外去求。

送李少府贬峡中
王少府贬长沙〔1〕

嗟君此别意何如？驻马衔杯问谪居〔2〕。巫峡啼猿数行泪，衡阳归雁几封书〔3〕！青枫江上秋天远，白帝城边古木疏〔4〕。圣代即今多雨露,暂时分手莫踟蹰〔5〕。

〔1〕这首诗约为天宝十一载(752)秋在长安作。这是一首对两位友人贬官外地时送别的诗,分别借两处贬地的景物,反复抒写远别之后的相思之情,安排妥帖,错落有致。

〔2〕驻马衔杯,停马饮酒。指临行饯别。问,存问、慰问之意。谪居,犹谪降,获罪降职。

〔3〕巫峡啼猿,《水经·江水注》谓巫峡"每至晴初霜旦,林寒涧肃,常有高猿长啸,属引凄异,空谷传响,哀转久绝。故渔者歌曰:'巴东三峡巫峡长,猿鸣三声泪沾裳。'"衡阳归雁,湖南衡阳县南有回雁峰,为衡山七十二峰的首峰,峰势如雁之回旋。世俗相传,雁飞至此,不过,遇春而回。雁为候鸟,定时往返。《汉书·李广苏建列传》有苏武留胡时,曾系书雁足的传说,后世遂有雁书之称。上句写李贬官之地,推想他在远处的哀愁。下句写王贬官之地,估计衡阳归雁能带来几封书信,慨叹远别之后,定是音信稀疏、飘渺。

〔4〕青枫江,指清枫浦,浏水的一段。《清一统志》卷二七六:"浏水迳浏阳县西南三十五里曰清枫浦,折而西入长沙县。"白帝城,故址在今四川奉节东白帝山上,东临巫峡。此两句再次分别写李、王贬官之地,旷远的秋空,稀疏的古树,都表现着空荡无依的凄凉之情。

〔5〕圣代,圣世。雨露,比喻恩泽。这两句是宽慰之辞,意思是皇帝不久就会开恩,把他们召回。

送李侍御赴安西〔1〕

行子对飞蓬,金鞭指铁骢〔2〕。功名万里外,心事一杯中〔3〕。

虏障燕支北,秦城太白东〔4〕;离魂莫惆怅,看取宝刀雄〔5〕!

〔1〕本诗为长安送别,当亦作于天宝十一载(752)。这是一首送人出塞的诗,用建功边塞的祝愿,以慰惆怅的别恨离愁。侍御,官名,据赵璘《因话录》卷五载,唐人通称殿中侍御史、监察御史为侍御,属御史台。安西,即安西节度使治所,天宝时在龟兹(今新疆库车)。

〔2〕行子,指即将出行的李侍御。飞蓬,植物名,亦单称蓬。《埤雅》:"蓬,末大于本,遇风辄拔而旋。"古代常用来比喻漂泊不定的旅人、游子。铁骢,马名,即《尔雅·释马》所称青骊马。邢昺疏引孙炎曰:"色青黑之间,青毛黑毛相杂者,名骃,今之铁骢也。"

〔3〕"功名"二句,上句说功名要到万里之外去求取,指从军。含有取之不易的感慨和边地立功的希望。下句说万千心事尽在临别一杯酒中,写饯别饮酒时百感交集。

〔4〕障,秦汉时在边塞险要处所筑用于防御的小城叫障。虏障,即遮虏障。燕支,山名,即焉支山,又名大黄山,在今甘肃山丹东南。秦城,指长安城,地属古秦国。太白,山名,为秦岭山脉一峰,在长安之西。上句写李将去之地,下句写自己居留之地;举山以示方位,写出两地间重山阻隔,更加深了对离情的表现。

〔5〕宝刀雄,指身佩宝刀所显示的豪壮气魄。此两句是对李的激励之辞,希望他以壮志豪情排遣离愁。

送刘评事充朔方判官
赋得征马嘶〔1〕

征马向边州,萧萧嘶不休〔2〕。思深应带别,声断为兼秋〔3〕。

歧路风将远，关山月共愁[4]。赠君从此去，何日大刀头[5]？

〔1〕这是一首送别诗，抒发了惜别盼归之情。当为天宝十一载(752)在长安所作。评事，官名，掌平决刑狱，属大理寺。朔方，指朔方节度使，治所灵州(今宁夏灵武西南)，辖今宁夏回族自治区及内蒙古自治区西南一带。

〔2〕征马，出行之马。边州，此处指朔方。萧萧，马鸣声。嘶，马鸣。

〔3〕思深，谓惜别之时，征马好象也有愁思。带别，夹杂着别离之情。声断，声音凄绝。兼秋，兼及秋天的凄凉。以上四句借征马写惜别之情。

〔4〕歧路，分岔路口。这里指送别分手之处。将，犹言伴从。上句说临歧路相别，只有风陪伴远行。下句说将度关山，只有月相与同愁。这两句想象行者途中的孤独。

〔5〕大刀头，隐语，还归的意思。语出《玉台新咏·古绝句》："藁砧今何在？山上复有山。何日大刀头，破镜飞上天？"全文俱用隐语，大刀头隐指刀头之环，"环"谐音"还"。

送董判官[1]

逢君说行迈，倚剑别交亲[2]。幕府为才子，将军作主人[3]。
近关多雨雪，出塞有风尘[4]。长策须当用，男儿莫顾身[5]。

〔1〕这首赠别诗，不写惜别之情，多激励慰勉之词，表现了希冀献身边塞的思想。当亦天宝十一载(752)在长安所作。

〔2〕行迈，远行。倚剑，犹言仗剑从军之意。交亲，深交的挚友。

〔3〕幕府，见《睢阳酬别畅大判官》注〔19〕。将军，指董判官所事的节度使。为，敦煌集本作"多"。

〔4〕这两句写边塞之艰苦。

〔5〕长策，良策。当用，用得上。以上四句是说出塞固然很苦，但是安边良策必须实施，男子汉对自身是不会顾惜的。

送浑将军出塞〔1〕

将军族贵兵且强，汉家已是浑邪王〔2〕。子孙相承在朝野，至今部曲燕支下〔3〕。控弦尽用阴山儿，登阵常骑大宛马〔4〕。银鞍玉勒绣蝥弧，每逐嫖姚破骨都〔5〕。李广从来先将士，卫青未肯学孙吴〔6〕。传有沙场千万骑，昨日边庭羽书至〔7〕。城头画角三四声，匣里宝刀日夜鸣〔8〕。意气能甘万里去，辛勤动作一年行〔9〕。黄云白草无前后，朝建旌旗夕刁斗〔10〕，塞下应多侠少年，关西不见春阳柳〔11〕。从军借问所从谁？击剑酣歌当此时〔12〕。远别无轻绕朝策，平戎早寄仲宣诗〔13〕。

〔1〕这首送别诗赞颂了一个驰骋战场、身先士卒、建功边塞的将领，不仅写了他的身世和功绩，而且写了他不辞艰苦，勇于奔赴急难的雄心壮志，字里行间又流露出作者本人从军边塞的强烈愿望。浑将军，当指皋兰府（今甘肃兰州、白银两市分治其地）都督浑惟明，曾做哥舒翰的部将，天宝十三载（754）哥舒翰为他论功，表奏加云麾将军。据"从军借

问所从谁"句意,此诗当写于浑惟明从军哥舒翰幕府时,或即天宝十一载(752)在长安所作。

〔2〕汉家,汉代。《新唐书·宰相世系表》载,浑氏出自匈奴浑邪王。《汉书·卫青霍去病传》载,汉武帝元狩三年(公元前120),单于怒浑邪王居西方几次为汉所破,亡数万人,欲召诛之,浑邪王因此降汉,被封为漯阴侯。

〔3〕部曲,犹部属,本为军队编制,后演变为私属军队之称。这里指浑氏旧部。燕支,即焉支山,在今甘肃山丹东南。唐贞观中,以浑部置皋兰都督府,故云部曲燕支下。以上四句写浑惟明的身世。

〔4〕控弦,引弓,多用作兵卒的代称。阴山,在今内蒙境内,起于河套,连绵东去,与内兴安岭相接。阴山儿,指阴山下擅长骑射的游牧青年。大宛,汉代西域国名,产名马。这两句写浑氏兵强马壮。

〔5〕银鞍,以银为饰的马鞍。玉勒,以玉为饰的马头络衔。蝥(máo)弧,旗名,先秦时为诸侯之旗,此指军旗。逐,随从。嫖姚,指汉代名将霍去病,他曾做嫖姚校尉,大破匈奴。骨都,汉代匈奴有左右骨部侯,这里用为代称。上句写浑氏骑饰、军旗的华美,下句写浑氏常常跟随有名的大将破敌。

〔6〕李广,汉代名将,以厚遇战士著称。详见《燕歌行》注〔16〕。卫青,汉代名将,《史记》本传谓:"天子欲教之孙吴兵法,对曰:'顾方略何如耳?不至学古兵兵法。'"说明他重视实际的方策谋略。这两句以李广、卫青比浑。

〔7〕羽书,见《燕歌行》注〔6〕。这两句说前方发生敌情,边境来书报警征兵。

〔8〕角,古代军中吹器,其作用犹如现在的军号。画角,有雕饰的角。"匣里"句,传说古帝颛顼有曳影之剑,不用时于匣中作声,如龙吟虎啸。见《拾遗记》卷一。古代常以刀剑鸣写急于交战的豪壮之气。

〔9〕意气，指作战的意志和赴敌的勇气。甘，甘愿，犹云不在乎。动，辄，每。以上四句写浑氏勇于迎战，不辞辛劳。

〔10〕白草，一种牧草，似莠而细，无芒，干熟时呈白色。建，竖立。刁斗，见《燕歌行》注〔14〕。上句说天上的黄云，地上的白草无限延绵开去，难分前后，写出边塞的辽阔和行程的遥远；下句举朝夕之事，不仅写出严肃的军容，且写出从早到晚、日复一日时间的推移。这两句正分别与上文"万里去"（空间）"一年行"（时间）相应。

〔11〕关西，这里指玉门关以西。唐代玉门关在敦煌以东安西（今甘肃安西）附近。这句即王之涣《凉州词》："春风不度玉门关"意。

〔12〕酣歌，酒酣而歌。这句写饯别饮宴时所表现的壮气豪情。

〔13〕绕朝策，绕朝，春秋时秦国大夫。策，马箠。《左传》文公十三年：晋人士会为秦国所用，晋国患之，施计把他赚回。士会自秦临行时，"绕朝赠之以策，曰：'子无谓秦无人，吾谋适不用也。'"绕朝赠策，一方面愿其催马速行，同时"策"与"策谋"之策双关，向他表示不是秦国没有人，洞悉秦国的计谋，而是自己有策略不被采用。这里作者借用这个典故希望浑氏出塞后勿轻自己临行所献破敌之策。仲宣，三国高平人王粲有《从军诗》五首，歌颂曹操西征张鲁的胜利。这里借指获胜报捷的诗歌。

送别〔1〕

昨夜离心正郁陶〔2〕，三更白露西风高。萤飞木落何淅沥〔3〕，此时梦见西归客。曙钟寥亮三四声，东邻嘶马使人惊；揽衣出户一相送，唯见归云纵复横〔4〕。

〔1〕本诗约作于天宝十一载(752),时在长安。这首诗通过送别前后一连串惊觉、匆忙举动的描写,形象地披露了惶惶不安的惜别心境,表达出对友人的深厚情谊。

〔2〕郁陶(yáo),郁结积聚。离心满怀是全诗主脑,归客入梦,嘶马惊人,皆根源于此。

〔3〕木落,即叶落。淅沥,雨滴声。这里形容落叶的声音。

〔4〕这两句说唯恐迟误,结果还是没赶上,归客已无影踪,只见到早晨的归云纵横。无限惆怅之情,尽在不言之中。

登陇〔1〕

陇头远行客,陇上分流水〔2〕。流水无尽期,行人未云已〔3〕。浅才登一命,孤剑通万里〔4〕。岂不思故乡?从来感知己〔5〕。

〔1〕这是一首写景抒怀的诗,为天宝十一载(752)秋被陇右节度使哥舒翰表为左骁卫兵曹兼掌书记后赴陇右途中所作。陇,指陇山,亦称陇坂,在今陕西省陇县西北。《后汉书·郡国志》"汉阳郡"刘昭注引《秦州记》:"陇山东西百八十里,登山颠东望,秦川四五百里,极目泯然。山东人行役升此而顾瞻者,莫不思悲。"

〔2〕《乐府诗集》卷二十一引《三秦记》:"〔陇山〕其坂九回,上者七日乃越,上有清水四注下,所谓陇头水也。"

〔3〕行人,指行役之人。未云已,即没个完的意思,指役期无尽。

〔4〕浅才,薄才寡能的人,作者自谦之辞。登,进。一命,周代官秩

有九命,这里指低微的官。上句写被表奏任职,下句写出塞从军。

〔5〕知己,指哥舒翰。以上二句是说因为有感激知遇之情,也就顾不得思乡了。

金城北楼〔1〕

北楼西望满晴空,积水连山胜画中。湍上急流声若箭,城头残月势如弓〔2〕。垂竿已谢磻溪老,体道犹思塞上翁〔3〕。为问边庭更何事?至今羌笛怨无穷〔4〕。

〔1〕这是一首充满边塞气氛的写景诗,当为天宝十一载(752)秋后,从长安出发从军陇右途中作。金城,唐郡名,故治在今甘肃兰州市。

〔2〕湍(tuān),指湍濑(lài),水浅急流之处。这两句以箭、弓作比,把边地的战争生活气息融入自然景色之中。

〔3〕垂竿,即垂钓,指隐居。谢,辞别。磻溪,水名,在今陕西宝鸡市东南,一名璜河。源出南山兹谷,北流入于渭河。溪中有兹泉,相传周太公望(吕尚)出仕前曾垂钓于此。磻溪老,即吕尚,这里泛指隐者。体道,体察领悟事物的道理。塞上翁,《淮南子·人间训》载:"近塞上之人,有善术者,马无故亡而入胡。人皆吊之,其父曰:'此何遽不能为福乎?'居数月,其马将胡骏马而归。人皆贺之,其父曰:'此何遽不能为祸乎?'家富良马,其子好骑,堕而折其髀。人皆吊之,其父曰:'此何遽不能为福乎?'居一年,胡人大入塞,丁壮者引弦而战,近塞之人,死者十九,此独以跛之故,父子相保。"塞上翁能领悟到福中有祸、祸中有福的道理,故作者说他能"体道"。这两句不仅写出了由归隐到出塞生活经历的变化,也暗含着前途未卜,希望有人预示祸福之意,与《自武威赴临洮谒大

夫不及因书即事寄河西陇右诸公》诗中"主人未相识,客子心忉忉"的心境是相同的。

〔4〕为,犹若。羌笛,古代西域民族的一种吹奏乐器,汉代已传入中国。陈旸《乐书》说:"羌笛五孔,马融《赋笛》谓出于羌中,旧制四孔而已,京房加一孔,以备五音。"怨,指吹奏怨愁的《折杨柳》曲,《唐书·礼乐志》:"梁乐府有胡吹歌云:'上马不捉鞭,反拗杨柳枝,下马吹长笛,愁杀行客儿。'此歌辞原出北国,即鼓角横吹曲《折杨柳》是也。"《宋书·五行志》:"晋太康末,京、洛为《折杨柳》之歌,其曲有兵革苦辛之辞。"这两句是说边事未靖,征人戍卒犹怨愁不已。

武威作二首〔1〕

朝登百尺烽,遥望燕支道〔2〕,汉垒青冥冥,胡天白如扫〔3〕。
忆昔霍将军,连年此征讨〔4〕。匈奴终不灭,塞下徒草草〔5〕。
唯见鸿雁来〔6〕,令人伤怀抱!

〔1〕这两首诗当作于天宝十一载(752)秋初至哥舒翰幕府时。皆为怀古伤今之作,其一借汉代事悲叹吐蕃的侵扰;其二引晋代由于君主昏庸导致内乱外患事,作为本朝的鉴戒。诗题底本及其它诸本皆作"登百丈峰二首",今从敦煌集本。

〔2〕烽,指烽火台。百尺烽,底本及其它诸本俱作"百丈峰",今从敦煌集本。作"峰"盖因"烽","峰"形近音同而讹。"烽"误为"峰"后,则"尺"字不当,遂改为"丈"。因而诗题亦改为"登百丈峰"。燕支,见《送浑将军出塞》注〔3〕。

〔3〕汉垒,指汉代军垒遗迹。冥冥,深远渺茫的样子。青冥冥,底本及其它诸本俱作"青冥间",今从敦煌集本。白,空荡。

〔4〕"忆昔"二句,据《汉书·卫青霍去病传》,汉武帝元狩三年(公元前120),霍去病为骠骑将军,出陇西击匈奴,过焉支山一千余里。元狩四年又接连出征。

〔5〕塞下,底本及其它诸本俱作"寒山",今从敦煌集本。草草,杂乱的样子。

〔6〕来,底本及其它诸本作"飞",今从敦煌集本。

晋武轻后事,惠皇终已昏〔1〕。豺狼塞瀍洛,胡羯争乾坤〔2〕。
四海如鼎沸,五凉更自尊〔3〕。而今白亭路,犹对青阳门〔4〕。
朝市不足问,君臣随草根〔5〕。

〔1〕晋武,即晋武帝司马炎,为西晋的开国皇帝。他大封宗室于要地,伏下"八王之乱"的祸苗;又去州郡武备,给五胡入侵造成空隙。即位之初还能政尚俭约,承平之后,便荒于政事,腐化荒淫,遗下后患累累,故诗云"轻后事"。惠皇,指晋惠帝司马衷。他继父司马炎即帝位,妻贾后专权,淫虐。赵王司马伦杀贾后,自为相国,诸王相争,爆发"八王之乱"。祸变未平,五胡又乘间入侵中原。晋惠帝是历史上出名的昏君,有人告民人无食,他竟问:"何不食肉糜?"

〔2〕瀍,瀍水,洛河的一条支流。洛,洛河。瀍洛,指西晋京城洛阳一带。上句指公元300年开始的诸王混战,下句指匈奴、羯、鲜卑、氐、羌五个少数民族豪酋的相继混战。

〔3〕五凉,晋宋时五胡十六国中的前凉、后凉、南凉、西凉、北凉合称五凉,其所据之地在今甘肃省境。自尊,指叛离自行割据。此句底本及其它诸本作"五原徒自尊",今从敦煌集本,不仅于意为妥,且与此诗怀

古之地相合。盖"凉"或写作"涼",敦煌集本即作此,因形近而误为"原";意不可通,又改"更"为"徒"。

〔4〕白亭,白亭海,在今甘肃北部。唐河西节度使在其附近置白亭守捉。"亭"底本及其它诸本作"庭",今从敦煌集本。青阳门,晋代京城洛阳,东面三门,最南的一个叫青阳门,即汉代洛阳的望京门。

〔5〕朝市,见《古大梁行》注〔4〕。随草根,尸骨与草同朽之意。

入昌松东界山行〔1〕

鸟道几登顿,马蹄无暂闲〔2〕。崎岖出长坂,合沓犹前山〔3〕。
石激水流处,天寒松色间。王程应未尽,且莫顾刀镮〔4〕。

〔1〕天宝十一载(752)至十四载(755)在哥舒翰幕府任职期间作。这是一首写行役的诗,通过写景表现路途的艰苦。昌松,唐陇右道武威郡凉州属县,故治在今甘肃古浪县西。

〔2〕鸟道,只有鸟才能飞越的山道。多用来称险峻的山路。登顿,上下。此两句写途程艰难,奔波不已。

〔3〕坂,斜坡。合沓,连续不断的样子。这两句说好容易爬上崎岖的山坡,那知前面还连着山峰。"犹"字写出了历不尽一山又一山的险程。

〔4〕王程,公事的期限。镮,谐音还,这两句说行役期限未到,且莫存回还的念头。

塞下曲〔1〕

结束浮云骏,翩翩出从戎〔2〕,且凭天子怒,复倚将军雄〔3〕。万鼓雷殷地,千旗火生风〔4〕。日轮驻霜戈,月魂丝雕弓〔5〕。青海阵云匝,黑山兵气冲〔6〕。战酣太白高,战罢旄头空〔7〕。万里不惜死,一朝得成功。画图麒麟阁,入朝明光宫〔8〕。大笑向文士,一经何足穷〔9〕！古人昧此道,往往成老翁〔10〕。

〔1〕这首诗表现了从军边塞,建立功勋的雄心壮志,当作于在哥舒翰幕府期间,时作者比较得意。塞下曲,新乐府杂题,参见《塞上》注〔1〕。

〔2〕结束,犹装束,指备马。浮云骏,轻捷的良马。翩翩,轻捷貌。

〔3〕凭,依靠。天子怒,皇帝兴兵动武的威怒。《诗经·大雅·常武》:"王奋厥武,如震如怒。"天,底本作"王",今据《文苑英华》、《唐诗所》改。雄,勇武。以上四句写从戎出征。

〔4〕殷,雷声。《诗经·召南·殷其雷》:"殷其雷,在南山之阳。"上句说进军战鼓如雷声震地,下句说军旗如火,乘风而燃。

〔5〕日轮,太阳。月魂,月亮。丝,犹云纹饰。雕弓,刻有花纹的弓。上句是说太阳照耀着雪亮的战戈,下句是说月亮映烁在雕弓上。丝,《文苑英华》作"勒"。以上四句写凌厉严整的军容。

〔6〕青海,即今青海东部的青海湖,唐时西南临吐蕃。阵云,犹言战云。匝(zā),周合。黑山,即杀虎山,在今内蒙古自治区呼和浩特市东南

百里。为唐代北方边塞。这两句写边境有激战气氛。

〔7〕战酣，战斗方盛之时。太白，星名，即金星，古代迷信的星占说法，太白司兵。《史记·天官书》："（太白）出高，用兵深，吉；浅，凶。庳，浅，吉；深，凶。"深，指重、多；浅，指轻、少。用兵深指大战，用兵浅指小战。"战酣"为大战，"战酣"而"太白高"，乃是一种吉兆。旄头，或作髦头，星名。《史记·天官书》："昴曰髦头，胡星也。"旄头空，指胡人的失败。这两句写从激战到胜利。

〔8〕麒麟阁，汉阁名。汉宣帝曾把功臣霍光、张安世等十一人的像画在阁上，以示表彰。明光宫，汉宫名。这两句用汉代故事，表示建立功业后，获取朝廷的褒赏。

〔9〕经，即五经之"经"。穷，尽。古代儒生往往以毕生精力钻研一经，汉代的所谓博士就是这样。唐代科举亦有明经科，与进士科同为一般士人所重。这两句嘲笑治经文士们迂腐不切实用。

〔10〕昧，不明白。此道，指穷经无用的道理。成老翁，指碌碌无为而终老。

部落曲〔1〕

番军傍塞游，代马喷风秋〔2〕。老将垂金甲，阏支着锦裘〔3〕。
雕戈蒙豹尾，红旆插狼头〔4〕。日暮天山下，鸣笳汉使愁〔5〕。

〔1〕当作于在哥舒翰幕府任职期间。诗中描写了边境面临番军进犯的紧张局势，表现出深切的隐忧。部落，游牧民族无城郭，分部聚居，谓之部落。部落曲，当是由乐府"出塞"、"入塞"一类旧题衍化出来的新乐府题。

〔2〕番军,指西域部族军队。代马,代地所产之良马。代,古国名,秦、汉以其地置代郡,在今河北蔚县东北一带。喷风,当风而鸣。

〔3〕垂,犹云正穿着。金甲,即铁甲衣,用铁叶制的护身军服。阏(yān)支,汉时匈奴族称其君长的妻子曰阏支,亦写作"阏氏"。这里是借指当时番族首领。锦裘,华美的皮衣。上句写番军老将的临战状态,下句写番族首领的优裕装束。

〔4〕"雕戈"句,戈上蒙着豹尾,约为仪仗的装饰。旆(pèi),大旗。狼头,大概也是仪仗的装饰。

〔5〕天山,在今新疆维吾尔自治区境内。笳,胡笳,西域的一种吹奏乐器。汉使,以汉朝使者借指唐朝使者。

同吕员外酬田著作幕门军
西宿盘山秋夜作〔1〕

碛路天早秋,边城夜应永〔2〕。遥传戎旅作,已报关山冷。上将顿盘坂,诸军遍泉井〔3〕。绸缪阃外书,慷慨幕中请〔4〕;能使勋业高,动令氛雾屏〔5〕。远途能自致,短步终难骋〔6〕;羽翮时一看,穷愁始三省〔7〕。人生感然诺,何啻若形影〔8〕!白发知苦心,阳春见佳境〔9〕。星河连塞络,刁斗兼山静〔10〕。忆君霜露时,使我空引领〔11〕!

〔1〕这是一首就吕员外酬田著作诗的和作,诗中体谅田著作随军出征的艰苦戎旅生活,并对其胸怀壮志而不得驰骋表示同情。按天宝十二载(753)五月,高适有《同吕判官从哥舒大夫破洪济城回登积石军多

福七级浮图》诗,本诗作于同年秋季。员外,员外郎的省称。唐代尚书省左右丞、六曹及曹下各司皆设有员外郎,从六品上,掌管有关的登记簿籍。吕员外,即吕諲,时在哥舒翰幕府任度支判官兼虞部员外郎。著作,著作郎的省称,为秘书省属官。田著作,疑即荐高适入哥舒翰幕府的田梁丘。幕门军,属陇右节度使,驻洮州(今甘肃临潭县)。幕,或作"漠"、"莫"。

〔2〕碛(qì)路,沙漠中的路。永,长。早,明仿宋刻本缺此字。黄本、许本俱作"正"。底本作"甲"。然"甲秋"不词,疑为"早秋"之形误,今从《文苑英华》、《唐诗所》、《全唐诗》。

〔3〕顿,驻。盘坂,即盘山山坡。这两句写宿营盘山。

〔4〕绸缪(chóu móu),缠绵。阃(kǔn)外,郭门外,指出征在外。语出《史记·张释之冯唐列传》:"臣闻上古王者之遣将也,跪而推毂曰:'阃以内者,寡人制之;阃以外者,将军制之。'"请,指请命击敌。上句说自阃外寄书,缠绵言怀,下句说在幕中慷慨陈词,请命杀敌。

〔5〕氛雾,凶气妖雾,指敌人的侵犯。屏(bǐng),除。

〔6〕此两句意谓抱负远大,能力胜任,然受到束缚,难以驰骋。

〔7〕羽翮(hé),翼羽的枝柱,亦即翎管。多代指矫健的翅膀,以比喻不凡的才能和高远之志。三省(xǐng),《论语·学而》:"曾子曰:'吾日三省吾身:为人谋而不忠乎? 与朋友交而不信乎? 传不习乎?'"这里是指反省穷愁的原因,隐含百思不解之意。以上八句写田著作献策请命,欲驰骋才能,但未被重用,受到限制。

〔8〕然诺,应许,指然诺之信。何啻(chì),何但,何止。这两句说朋友间重然诺之信,何必形影不离,才算亲密。

〔9〕阳春,古曲名,以喻诗篇。这两句说见白发而知内心的忧苦,读诗篇体会到美好的意境。

〔10〕星河,即银河。络,网,这里指地络,犹云大地。古时有"天

维""地络"之称。上句写星河垂地，表现出边塞辽阔旷远的景象。下句写刁斗数声，更反衬出山野的寂静。

〔11〕霜露时，指冒霜露野宿在外之时。引领，伸颈远望，表示挂念。

塞上听吹笛[1]

雪净胡天牧马还，月明羌笛戍楼间[2]。借问梅花何处落？风吹一夜满关山[3]。

〔1〕这首诗写出了入侵之敌被击退后，边境月夜美丽宁静的景象和气氛。此诗题及诗本文全据底本，《文苑英华》亦同。《国秀集》题作"和王七度玉门关上吹笛"，诗作"胡人吹笛戍楼间，楼上萧条海月闲。借问落梅凡几曲？从风一夜满关山。"《全唐诗》从此，题中"上"字作"听"。《河岳英灵集》题作"塞上闻笛"，诗与《国秀集》相近，只"海月"作"明月"，"落梅"作"梅花"。"凡几曲"作"何处落"。可见此诗自唐代即有差别较大的异文流传。《国秀集》题中之"王七"即王之涣，此诗或为和王之涣《凉州词》之作。

〔2〕牧马还，指敌人被击退。古代每称游牧民族的骑兵为胡马，称其入境骚扰为牧马。羌笛，西域乐器，一说三孔，一说四孔，汉时传入中原，后改为五孔。

〔3〕梅花落，笛曲名。把这一类名称拆开来用，为古代诗中常例，但这里上下两句相连，却生发出不少情趣，"梅花"和"落"都具有贴切的双关意。

别董大二首(选一)〔1〕

其一

十里黄云白日曛,北风吹雁雪纷纷〔2〕。莫愁前路无知己,天下谁人不识君!

〔1〕这是一首赠别诗,以朋友遍天下,到处不孤单宽慰之。董大,敦煌选本题作"别董令望",则董大即董令望。又据李颀《听董大弹胡笳兼寄语弄房给事》诗,此董大或即当时著名的弹琴艺人董庭兰。然敦煌选本题作"别董令望"。本诗写作时间未详。

〔2〕曛(xūn),日落时的余光,这里是昏暗的意思。这两句写景,衬托着凄凉的别情。

酬河南节度使
贺兰大夫见赠之作〔1〕

高阁凭栏槛,中军倚旆旌〔2〕。感时常激切,于己即忘情〔3〕。
河华屯妖气,伊瀍有战声〔4〕。愧无戡难策,多谢出师名〔5〕。
秉钺知恩重,临戎觉命轻〔6〕。股肱瞻列岳,唇齿赖长城〔7〕。
隐隐催锋势,光光弄印荣〔8〕。鲁连真义士,陆逊岂书生〔9〕!

直道宁殊智,先鞭忽抗行〔10〕。楚云随去马,淮月尚连营〔11〕。抚剑堪投分,悲歌益不平〔12〕。从来重然诺,况值欲横行〔13〕。

〔1〕这首酬答诗鼓励贺兰进明出师讨安史之乱,表达了对时局的关切和亲自参战的强烈愿望。贺兰大夫,即贺兰进明,开元十六年(728)进士及第,曾仕为御史大夫。至德元载(756)十月,贺兰进明诣灵武谒肃宗,由北海太守转河南节度使,(按,唐代安史之乱爆发后,始在内地置节度使)受命平安史之乱。本诗即作于进明受命出师之际。

〔2〕中军,古制,出征军队多分为中左右三军,中军为发号施令之所,主帅亲自带领。旆(pèi),大旗。这两句写登临高阁,凭栏而望,见贺兰进明军容之盛。

〔3〕这两句说自己感时忘身。

〔4〕河华,指黄河、华夏。黄河是中华民族的发祥地,华夏是中原的古称,河华犹云中原。妖气,指安史之乱。伊瀍,即河南的伊水和瀍水,指东京洛阳一带。

〔5〕出师名,出师有名,指兴正义之师。这两句说自愧没有用武力平定患乱之策,感激贺兰进明仗义出师。

〔6〕钺(yuè),大斧。秉钺,掌握兵权之意。语出《诗经·商颂·长发》:"武王载旆,有虔秉钺。"这里指进明受重任做了河南节度使。临戎,犹临阵。命轻,把生命置之度外。

〔7〕股,大腿。肱(gōng),上臂。股肱,为行动器官,四肢的主导部分,古代常用来比喻君主的辅佐之臣。瞻,仰望。列岳,众山,比喻重臣。唇齿,此处喻君臣相依之势。长城,比喻得力的人。这两句以山岳、长城比喻贺兰进明,写出他与朝廷的关系。

〔8〕隐隐,盛貌。锋,势锐曰锋。摧锋势,摧折敌人锐气的气势。光

光,明貌。弄印,《史记·张丞相列传》:"高祖持御史大夫印,弄之曰:'谁可以为御史大夫者?'熟视赵尧曰:'无以易尧。'"遂拜赵尧为御史大夫。后遂称御史大夫印为弄印。这里指贺兰进明居御史大夫显荣要职。

〔9〕鲁连,即鲁仲连,战国齐人,能出奇谋,多助弱御暴,排难解纷,功成而不受爵,素有义士之称。事见《史记·鲁连邹阳列传》。陆逊,三国吴郡吴人,字伯言。有治才,善军略。事孙权为都督,定计克荆州,又曾败刘备于夷陵,破曹休于皖。后为丞相。这两句以鲁、陆比贺兰进明。贺兰进明又有文才,《唐才子传》说他"好古博雅,经籍满腹"。

〔10〕先鞭,占先之意。《晋书·刘琨传》:"琨少负志气,有纵横才,与祖逖为友,及逖被用,与亲故书曰:'吾枕戈待旦,常恐祖生先吾着鞭。'其意气相期如此。"抗行,无所顾忌,抗直而行。指勇往征敌。这两句说贺兰进明能先人着鞭勇往征敌,主要靠忠直之道,岂在特殊的才智?

〔11〕这两句想象贺兰进明到达赴任之地。按《新唐书·方镇表》:至德元年"置河南节度使,治汴州(今河南开封市),领郡十三:陈留(即汴州)、睢阳(宋州,故治在今河南商丘)、灵昌(滑州,故治在今河南滑县东)、淮阳(陈州,故治在今河南淮阳)、汝阴(颍州,故治在今安徽阜阳)、谯(亳州,故治在今安徽亳州)、济阳(曹州,故治在今山东曹县北)、濮阳(濮州,故治在今河南濮阳)、淄川(淄州,故治在今山东淄川)、琅玡(沂州,故治在今山东临沂)、彭城(徐州,故治在今江苏徐州市)、临淮(泗州,故治在今安徽盱眙北)、东海(海州,今江苏连云港市)。"辖境遍及楚、淮之地。

〔12〕抚剑,按剑。投分,彼此契合的意思。这两句说想同去杀敌而不得遂愿。

〔13〕横行,遍行天下,此指驰骋战场。

赴彭州山行之作[1]

峭壁连崆峒，攒峰叠翠微[2]。鸟声堪驻马，林色可忘机[3]。怪石时侵径，轻萝乍拂衣[4]。路长愁作客，年老更思归。且悦岩峦胜，宁嗟意绪违[5]！山行应未尽，谁与玩芳菲[6]？

〔1〕高适于肃宗乾元二年（759）五月官彭州（故治在今四川彭州市）刺史。本诗为赴任途中所作。这首诗借景抒情，本想以悦目之景，排遣违心之愁，似有宽解之意，然而终因美景自赏，又生孤独之憾。

〔2〕崆峒，山名，在四川平武县西，山谷深险。攒（cuán）峰，簇聚的山峰。翠微，山气青缥之色。

〔3〕堪，可，犹云值得。机，机虑。忘机，指忘却世情。

〔4〕侵径，突入道路。萝，女萝，一名松萝，地衣类植物，生于深山中，呈丝状，常自树梢悬垂。乍，正好、恰好。这两句写景形象，充满情趣。

〔5〕岩，高峻的山；峦，小而锐的山。岩峦，泛指山景。胜，美好。宁嗟，何必叹息。意绪违，指年老而仕宦边远之地，不合自己的心意。这两句实为无可奈何的自慰之辞。

〔6〕与，同。芳菲，本谓花草的芳香，亦称花草，此泛指自然景色。这两句是说山行未尽，景色美不胜收，但是有谁相与玩赏呢？又流露出孤独之憾。

酬裴员外以诗代书[1]

少时方浩荡,遇物犹尘埃[2],脱略身外事,交游天下才[3]。
单车入燕赵,独立心悠哉[4]。宁知戎马间,忽展平生怀[5]?
且欣清论高,岂顾夕阳颓[6],题诗碣石馆,纵酒燕王台[7]。
北望沙漠垂,漫天雪皑皑[8]。临边无策略,览古空徘徊!乐
毅吾所怜,拔齐翻见猜[9];荆卿吾所悲,适秦不复回[10];然
诺多死地,公忠成祸胎[11]!与君从此辞,每恐流年催;如何
俱老大,始复忘形骸[12]?兄弟真二陆,声华连八裴[13]。乙
未将星变,贼臣候天灾[14]。胡骑犯龙山,乘舆经马嵬[15]。
千官无倚着,万姓徒悲哀。诛吕鬼神动,安刘天地开[16]。
奔波走风尘,倏忽值云雷[17]。拥旄出淮甸,入幕征楚
材[18];誓当剪鲸鲵,永以竭驽骀[19]。小人胡不仁,谗我成
死灰[20]!赖得日月明,照耀无不该[21];留司洛阳宫,詹府
唯蒿莱[22]。是时扫氛祲,尚未歼渠魁[23],背河列长围,师
老将亦乖。归军剧风火,散卒争椎埋[24]。一夕瀍洛空,生
灵悲暴腮[25]。衣冠投草莽,予欲驰江淮[26],登顿宛叶下,
栖遑襄邓隈[27]。城池何萧条,邑屋更崩摧,纵横荆棘丛,但
见瓦砾堆,行人无血色,战骨多青苔。遂除彭门守,因得朝玉
阶[28],激昂仰鹓鹭,献替欣盐梅[29]。驱传及远蕃[30],忧
思郁难排,罢人纷争讼,赋税如山崖[31]。所思在畿甸,曾是
鲁宓侪[32],自从拜郎官,列宿焕天街[33],那能访遐僻,还复

寄琼瑰[34]。金玉本高价,埙篪终易谐[35]。朗咏临清秋,凉风下庭槐[36],何意寇盗间,独称名义偕[37]!辛酸陈侯诔,叹息季鹰杯[38],白日屡分手,青春不再来。卧看中散论,愁忆太常斋[39]。酬赠徒为尔,长歌还自咍[40]。

〔1〕作于肃宗乾元二年(759)秋,时在彭州。这是一首以诗代信的酬答诗,回顾了与裴员外(霸)的交往,同时叙及自己的身世,从北游燕赵,直写到赴蜀任彭州刺史。中间写了安史之乱,身遭国难;任淮南节度使,平永王璘叛乱;遭李辅国谗,贬为太子詹事,留居洛阳;相州兵溃后,随洛阳贵族平民仓皇逃难等。对安史之乱后的社会动乱情况,通过自身遭遇有不少反映,堪称"诗史"之作。叙事简明形象,抒怀慷慨迭宕,艺术性也很高。裴员外,即裴霸。据《唐郎官石柱题名》,裴霸先后任吏部员外郎、金部员外郎。又《新唐书·宰相世系表一上》"南来吴裴":裴宽兄岐州刺史裴卓有二子:"腾,户部郎中,霸,吏部员外郎。"据李华《祭裴员外腾》,裴腾亦曾任员外郎职,但他死于安史之乱时,故此裴员外只能是裴霸。李华《三贤论》说:"河东裴腾士举,朗迈真直;弟霸士会,峻清不杂。"与诗中"兄弟真二陆"相合。裴霸父辈兄弟八人皆有声望。《新唐书·裴宽传》云:"宽兄弟八人,皆擢明经,任台、省、州刺史,雅性友爱,于东都治第,八院相对。"正与本诗"声华连八裴"语相合。据《新唐书·宰相世系表》,其他七人是:裴卓,官至岐州刺史;裴坦,官至太平令;裴昌,官至弘农太守;裴歆,官至御史大理正;裴恂,官至河内太守;裴晏;裴京,官至汝州别驾。

〔2〕浩荡,纵情任性无所思虑。这两句说自己年轻时任性不羁,对待事物犹如尘埃,满不在乎。

〔3〕脱略,不受拘束之意。身外事,指世俗事务。《旧唐书》本传云:"适少濩落,不事生业。"这两句说摆脱世俗营生之事,四处交游。

〔4〕燕赵,指战国时燕赵两国之地,相当于今河北、山西地区。独立,孤单无依。悠哉,忧思貌。哉,语助词。高适燕赵之游在开元二十年(731)至二十三年。

〔5〕这两句说没想到在兵马间与裴相遇,结交知己。

〔6〕清论,高雅的谈论。这两句是说谈论起来,喜其内容不凡,投机忘情,每每不知日之将夕。

〔7〕碣石馆,即碣石宫,故址在今北京大兴区附近。相传战国齐人邹衍至燕,昭王筑碣石宫接待,亲往受教。燕王台,又名燕台、黄金台,故址在今河北易县东南北易水南。相传燕昭王所筑,并置千金于台上,延请天下士。

〔8〕垂,即陲,边疆。皑皑(ái)形容霜雪之白。

〔9〕乐毅,战国燕人,贤而有军事才能。燕昭王时,拜上将军,率赵、楚、韩、魏、燕五国兵伐齐,获大胜。后各国兵撤归,毅独留,转战五年,攻下齐城七十余座以属燕。燕惠王立,中齐人田单反间计,疑毅将反,召归,毅逃至赵国。不久,燕兵为齐所败。翻,反。这两句痛惜乐毅忠于国家,攻破齐国,反被猜疑。

〔10〕荆轲,战国卫人,字公叔,好读书击剑。至燕,为燕太子丹门客。后出使秦国,为丹刺秦王不中,遇害。这两句同情荆轲行侠义而献身。

〔11〕上句是说侠客重于然诺,为人报仇抒难多有生命危险,指荆轲而言。下句是说忠诚无私却往往造成祸根,指乐毅而言。以上六句为燕地怀古,同时也寓有现实的不平,正应上文"览古空徘徊"意。

〔12〕忘形骸,忘却有形之身,即全真养性之意。郭象《庄子序》:"有忘形自得之怀。"这两句即《答侯少府》:"老大贵全真"句意。

〔13〕二陆,西晋吴郡人陆机、陆云,兄弟二人皆有文名,时称"二陆"。这里用以比裴氏兄弟。声华,名声荣誉。八裴,见注〔1〕。

〔14〕乙未,天宝十四载(755)。将星变,古代有所谓星占,认为天上星宿的变化,下应人事的吉凶,"将星变"即其中一种说法。如《隋书·天文志》:太微"东蕃四星:……第三曰次将,……第四曰上将,所谓四辅也。西蕃四星:南第一星曰上将,……第二星曰次将,……亦四辅也。东西蕃有芒及摇动者,诸侯谋天子也。"贼臣,指安禄山。候天灾,指等候天象的变异而谋反。这两句写天宝十四载十一月,安禄山反于范阳(今河北蓟县)。

〔15〕龙山,即龙首山,在长安县北十里,《新唐书·地理志》:"京城后枕龙首山。"马嵬,或称马嵬坡、马嵬驿,在今陕西兴平县西二十五里。上句写天宝十五载(756)六月潼关失守,安禄山叛军危逼长安。下句写玄宗出长安西逃,驻军马嵬。

〔16〕诛吕,吕后死,外戚上将军吕禄、相吕产,恐为大臣、诸侯所诛,谋为乱,欲危刘氏政权,丞相陈平、太尉周勃、朱虚侯刘章等共诛之,谋立代王刘恒。这里借指唐代事,吕氏指杨氏,刘汉指李唐。按,玄宗西逃,至马嵬驿,将士饥疲皆愤怒。陈玄礼因祸由杨国忠起,欲诛之,借东宫宦者李辅国以告太子李亨,亨未决。玄礼便用计带领军士哗变,杀死杨国忠,并杀其子户部侍郎暄及其姐妹韩国、秦国夫人,又逼玄宗命杨贵妃自缢,然后整顿队伍西行。同年七月玄宗传位于太子亨,是为肃宗。

〔17〕值云雷,正当有为之时。《易·屯》:"象曰:云雷屯,君子以经纶。"王弼注:"君子经纶之时。"《正义》:"经谓经纬,纶谓纲纶,言君子法此屯象,有为之时。"上句指安禄山反,自己助哥舒翰守潼关,天宝十五载(756)六月兵败,只身逃归,在河池赶上西逃的玄宗,一同至蜀。下句指同年十二月,永王李璘起兵江淮反叛朝廷,自己又受命前往平乱。

〔18〕拥旄,旄,指旄节,唐制,节度使皆赐节,拥旄即受命为节度使之意。幕,军幕。楚材,楚地人材。淮南为古代楚地。又,楚地自古即以人材多著称。《左传》襄公二十六年:"虽楚有材,晋实用之。"后遂以楚

77

材泛称杰出人材。这两句写永王璘起兵后,自己被肃宗任为御史大夫、扬州大都督府长史、淮南节度使,前往淮南赴任,就地征集人材进行征讨。

〔19〕鲸鲵(ní),即鲸。雄的叫鲸,雌的叫鲵。鲸性凶猛,古代常用以比不义之人。这里指永王璘。驽骀(nú tái),皆为劣马。这里以驽骀自比,犹云不才,是谦词。竭驽骀,尽驽骀之力。《晋书·荀崧传》:"臣学不章句,才不宏通,方之华实,儒风殊邈,思竭驽骀,庶增万分。"

〔20〕胡不仁,何其不仁。死灰,冷却无法复燃的火灰,以喻事情不能挽回。

〔21〕日月明,比喻皇帝的圣明。该,遍。这两句说全靠皇帝圣明,不为谗言所蔽,才免于罪。

〔22〕洛阳宫,据《新唐书·地理志》,唐东京洛阳,贞观六年(632)曾号洛阳宫。詹府,即詹事府,统领东宫(太子)众务。唯蒿莱,满目荒芜之意。洛阳曾被叛军攻陷,当时收复不久,疮痍未复。按,肃宗乾元元年(758)高适为李辅国所谗,降官为太子詹事,留司东京。以上六句即写此事。

〔23〕氛祲(jìn),妖气,指安史之乱。渠,大。魁,帅。渠魁,犹云魁首,多用以称叛逆祸首。歼渠魁,语出《尚书·胤征》:"歼厥渠魁。"这两句说当时平安史之乱,尚未消灭祸首。按,乾元二年(759),安庆绪初立,据邺城(今河南安阳市北);史思明又在魏州(今河北大名县东)自称大圣燕王。

〔24〕归军,指溃退的官军。剧风火,甚于风火之势。形容其为害之严重。椎埋,挖掘坟墓盗取随葬财物。此处泛指劫掠。

〔25〕瀍洛,即河南的瀍水和洛河。瀍水是洛河的一条支流,洛阳即在两水会合处。这里指东京洛阳一带。暴(pù)腮,失水之鱼。比喻困顿。

〔26〕衣冠，古时士大夫所服用，后用以称搢绅贵族之家。投，投奔。草莽，草野之中。

〔27〕登顿，上下奔波。宛，地名，原为楚国宛邑，故址在今河南南阳市。叶，唐汝州叶县。栖遑，匆忙不得安居之状。襄，唐州名，故治在今湖北襄阳，辖境相当于今湖北襄阳、谷城、南漳、宜城等县。邓，唐州名，故治在今河南邓县，辖境相当于今河南伏牛山以南的丹江、湍河、白河流域。隈（wēi），边隅。这里指襄邓二州交界处。按《通鉴》肃宗乾元二年（759），"二月，郭子仪等九节度使围邺城。……三月，壬申，官军步骑六十万阵于安阳河北，思明自将精兵五万敌之，诸军望之，以为游军，未介意。思明直前奋击，李光弼、王思礼、许叔冀、鲁炅先与之战，杀伤相半，鲁炅中流矢。郭子仪承其后，未及布阵，大风忽起，吹沙拔木，天地昼晦，咫尺不相辨，两军大惊，官军溃而南，贼溃而北，弃甲仗辎重委积于路。子仪以朔方军断河阳桥保东京。战马万匹，惟存三千；甲仗十万，遗弃殆尽。东京士民惊骇，散奔山谷；留守崔圆、河南尹苏震等官吏南奔襄邓；诸节度使各溃归本镇。士卒所过剽掠，吏不能止，旬日方定。""是时"句至此，即写此事。

〔28〕除，拜官。彭门守，指彭州刺史。唐时州刺史与汉代郡太守相当，且当时州与郡、刺史与太守，几经更改。玉阶，阶指台阶，玉示其尊贵。这里指朝廷。朝玉阶，朝见皇帝。这两句写拜为彭州刺史，由河南至长安朝见皇帝，随后始赴任。

〔29〕鹓（yuān）鹭，喻朝官。朝见时，百官进退有序，有如鹓和鹭飞行有序。鹓，原作鸳，此据《唐诗所》、《全唐诗》改。献替，即献可替否（献善废不善），辅佐君主之意。盐梅，盐味咸，梅味酸，调羹所需。《尚书·说命》："若作和羹，尔惟盐梅。"这是殷高宗命傅说为相的话，后遂以盐梅为美称相业之辞。上句写对朝官的仰慕，下句写对宰相的欣羡。

〔30〕传，传车，驿站的交通车。远蕃，边远地区。这里指唐代西南

边境的彭州。

〔31〕罷（pí）人，因疲弊而不守法的人。柳宗元《道州毁鼻亭神记》：“州之罷人，去乱即治。”“罷”通“疲”。争讼（sòng），到官吏处争辩曲直，即俗话说的打官司。这两句写彭州争讼多，赋税重，吏务纷扰，正是前一句忧思难排的原因。

〔32〕所思，想念的人，指裴。畿甸，京城周围附近地区。鲁宓（fú），指春秋鲁人宓不齐。不齐，字子贱，为孔子弟子。性仁爱，有才智，尝任单父宰（邑长），鸣琴而治。孔子称他有霸王之佐的才能。高适诗中屡屡颂及，或直接称赞，或以他比贤吏。侪，辈。这两句是说裴在京畿做地方官时，有过堪与宓不齐相比的吏治。

〔33〕郎官，朝官中凡是带“郎”字的，诸如侍郎、郎中、郎、员外郎等统称郎官。这里指裴所担任的员外郎。列宿，诸星宿。古代认为郎官上应列宿。如《后汉书·明帝纪》：“馆陶公主为子求郎，（帝）不许，而赐钱千万，谓群臣曰：‘郎官上应列宿，出宰百里，苟非其人，则民受其殃。’”《史记·天官书》：“衡，太微，三光之廷。……后聚一十五星，蔚然，曰郎位。”天街，《史记·天官书》：“昴（星）毕（星）间为天街。”天街又指京师街市，此处兼有二义，谓裴在京师居郎官要职。

〔34〕访，寻问。遐僻，遥远偏僻之地。指彭州。琼瑰（guī），似玉的美石，古代常用以比美好的诗文。这两句是说裴远在京师，身居高位，怎么竟能问及我这远在偏僻之人，并且还寄来珍贵的诗文。

〔35〕金玉，比喻裴名声，身价的高贵。埙箎（xūn chí）是两种吹奏的古乐器。因声音相和，古代多用为兄弟和睦之喻。这两句是说裴身价虽高，但不废旧日交情，二人仍融洽无间。

〔36〕这两句是说正值清秋季节，诵读到裴氏寄来的诗文。

〔37〕这两句是说读诗后得知裴之遭遇，赞誉他在安史之乱中，独能坚守名节。

〔38〕诔(lěi),祭文的一种,多列述死者生前德行。清影宋抄本及《全唐诗》等,"辛酸"句下有注云:"陈二补阙铭诔即裴所为。"季鹰,晋吴郡人张翰,字季鹰,性纵任不拘。离家到洛阳仕宦,见秋风起,因思吴中菰菜、莼羹、鲈鱼脍,曰:"人生贵得适意尔,何能羁官数千里以要(求)名爵!"遂命驾而归。见《世说新语·识鉴》、《晋书·张翰传》。这里以张翰自比。上句说裴氏祭吊老友,辛酸无比;下句说自己仕官远地,临秋思乡,举杯叹息。

〔39〕中散,嵇康,三国魏铚(今安徽宿州西南)人,字叔夜,做过中散大夫,故又称嵇中散。嵇康好老庄导气养性之术,著有《养生篇》,中散论即指此文。见《晋书·嵇康传》。太常,掌宗庙礼仪的官。太常斋,是用东汉周泽的故事。泽为太常,尽敬宗庙,常卧病斋宫,世人对他有"一岁三百六十日,三百五十九日斋"之语。详见《后汉书》卷一〇九。上句是说为求长生,闲读嵇康《养生论》,下句说自己离亲别友,在远地仕宦生活孤独,不由得联想到周泽。

〔40〕咍(hāi),嗤笑。这两句是说诗文酬赠不过是徒劳而已,无补于改变眼前分离愁苦的境遇,长歌之后也自觉可笑。

除夜作〔1〕

旅馆寒灯独不眠,客心何事转凄然?故乡今夜思千里,霜鬓明朝又一年〔2〕。

〔1〕这首诗将千里思乡之愁与流年催老之忧熔为一炉,表达了除夕羁旅的典型心境。写作时间未详。除夜,即除夕。

〔2〕霜鬓,白了的鬓发。

人日寄杜二拾遗[1]

人日题诗寄草堂,遥怜故人思故乡[2]。柳条弄色不忍见,梅花满枝空断肠[3]。身在南蕃无所予,心怀百忧复千虑[4]。今年人日空相忆,明年人日知何处!一卧东山三十春,岂知书剑老风尘[5]!龙钟还忝二千石,愧尔东西南北人[6]。

〔1〕作于肃宗上元二年(761),当时高适任蜀州(故治在今四川崇州市)刺史。这首赠诗表现了作者对杜甫的深厚友情。关心爱护,体贴入微;吐露胸怀,赤诚相见。人日,农历正月初七日称人日。古代习俗相传,正月初一至初七,每天各有所属:一日为鸡,二日为狗,三日为猪,四日为羊,五日为牛,六日为马,七日为人。杜二,即杜甫。拾遗,谏官名。杜甫于肃宗乾元元年(758)曾任左拾遗。

〔2〕草堂,上元元年(760)春,杜甫在成都西郭浣花溪畔筑成草堂,住在那里。思故乡,当时杜甫是离乡寄居在成都。

〔3〕这两句推想杜甫因春日到来而惹起乡思。

〔4〕南蕃,指南方边远地区。蜀州地处唐西南边境。无所予,指不能参予国家重大政事。这两句是说任职边远,无所作为,关心国事,感慨身世,忧虑重重。

〔5〕东山,东晋谢安,少有重名,征召授官,不就,隐居会稽东山。后遂以东山泛指隐居之地。书剑,为古时文人随身所带之物;书表示文才,剑表示武艺。上句指自己出仕前那段长期客居梁宋的生活。下句说那知书剑学成长期风尘奔波,一事无成。老,清影宋抄本及《文苑英华》俱

作"与",付与之意。

〔6〕龙锺,身体衰老,行动不灵便的样子。忝,辱,一般用为谦词。二千石,指州刺史。二千石本是汉朝郡太守的俸禄之称,唐时州刺史的职位与汉时郡太守相当。此处为谦辞,说自己年老无用竟还忝居州刺史之位。东西南北人,指漂泊不定、旅居四方的人。《礼记·檀弓》中孔子曾自谓"东西南北人也"。这里指杜甫。这两句认为自己年老尚居官,杜甫有才而沦落,故觉有愧。

岑　参

夜过磐豆隔河望永乐
寄闺中效齐梁体〔1〕

盈盈一水隔,寂寂二更初〔2〕。波上思罗袜,鱼边忆素书〔3〕。
月如眉已画,云似鬟新梳〔4〕。春物知人意,桃花笑索居〔5〕。

〔1〕这是一首思恋妻子的诗,据诗中内容,似乎作诗时去新婚不
久。开元二十二年(734),岑参始至洛阳,"献书阙下",此后十年,屡次
往返于长安、洛阳间,即《感旧赋》中所说"出入二郡,蹉跎十秋"。此诗
即作于往返途中,具体年代不详。磐豆,即盘豆,地即今河南灵宝市西盘
豆镇,位于黄河南岸,和黄河北岸的永乐相对。《新唐书·地理志》载,
河中府河东郡有永乐县,故址在今山西芮城县西南永乐镇一带。闺,女
子居住的内室;闺中,指妻子。齐梁体,南朝齐梁时代流行的艳丽诗歌体
裁。豆,底本及《全唐诗》均误作"石",此从宋刻本。

〔2〕盈盈,形容水的清浅。一水,即题中的"(黄)河"。《古诗十九
首·迢迢牵牛星》:"河汉清且浅,相去复几许? 盈盈一水隔,脉脉不得
语。"这两句说时当夜半,隔河望永乐,不禁联想到自己与妻子分离,有如
牵牛、织女为银河所隔绝。

〔3〕罗袜,借指闺中的妻子。曹植《洛神赋》说洛神"体迅飞凫,飘
忽若神,陵波微步,罗袜生尘",即此句所本。作者临河,故称"鱼边"。
素书,写在白绢上的书信。古乐府诗《饮马长城窟行》:"客从远方来,遗
我双鲤鱼。呼儿烹鲤鱼,中有尺素书。"古代尺素书结成双鲤鱼形。一

说,双鲤鱼指藏书信的函,就是刻作鱼形的两块木板,一底一盖,把书信夹在里面。这两句写对妻子的思念。

〔4〕上句说从夜空中的一弯新月,联想到妻子新描画的娟美眉毛。下句说由夜空中的云朵,联想到妻子新梳的高耸、蓬松的鬓发。

〔5〕春物,即下句所说的"桃花"一类东西。索居,独居。这两句是说妻子的独居处境,甚至会受到春日知情的桃花的嘲笑。

登古邺城〔1〕

下马登邺城,城空复何见? 东风吹野火,暮入飞云殿〔2〕。城隅南对望陵台,漳水东流不复回〔3〕。武帝宫中人去尽,年年春色为谁来〔4〕!

〔1〕开元二十七年(739)春,岑参自长安往游河朔(黄河以北),本诗即此游途经古邺城时所作。前四句写邺城遗址荒颓景象,后四句触景生情,慨叹人事兴废而山河依旧。邺城本战国时魏国都邑,建安十八年(213)曹操为魏王,在此立都,长期为中原地区最繁盛的都市。北周大象二年(580),相州总管尉迟迥与杨坚大战于此,邺城遂遭焚毁。故址在今河北临漳县一带,为漳河流经地。诗题《唐诗所》作"登邺城怀古"。

〔2〕野火,指磷火,也称"鬼火"。飞云殿,《邺中记》:"(后赵)石虎于魏武故台筑太武殿,窗户宛转画作云气。"飞云殿疑即指此。这两句是说在暮色苍茫中,唯见忽隐忽现的点点磷火,随春风飘荡在飞云殿废墟上空。

〔3〕望陵台,即铜爵(雀)台,建安十五年冬曹操所筑,故址在今临

漳县西南三台村。《邺都故事》："魏武帝遗命诸子曰：'吾死后葬于邺之西岗上，与西门豹祠相近。吾妾与使人皆著铜雀台，……汝等时登台，望吾西陵墓田。'"漳水，即漳河，分清漳水、浊漳水两源，均出山西东南部，在河北合漳镇会合后称漳河。

〔4〕延康元年(220)曹操卒，同年十月被追尊为武帝。这两句感叹人事俱非，春色依然。

暮秋山行〔1〕

疲马卧长阪，夕阳下通津〔2〕。山风吹空林，飒飒如有人〔3〕。苍旻霁凉雨〔4〕，石路无飞尘。千念集暮节，万籁悲萧辰〔5〕。鹍鹉昨夜鸣，蕙草色已陈〔6〕。况在远行客，自然多苦辛。

〔1〕疑为开元二十七年(739)游河朔时所作。诗中交织着秋日的凄清、远行的苦辛和个人身世不遇的感叹，艺术表现上有自己的特色。

〔2〕长阪(bǎn)，长的山坡。通津，四通八达的渡口。

〔3〕飒飒(sà)，风声。"空林"已觉凄清，加以山风飒飒，似若有人，更反衬出孤寂凄凉的气氛。

〔4〕苍旻(mín)，苍天。霁(jì)，雨止。霁凉雨，凉雨初晴。

〔5〕暮节，指暮秋时节。万籁(lài)，大自然的一切声响。萧辰，萧瑟之辰，即秋季。这两句说在秋风萧瑟的时节，百感交集，大自然的一切声响都是悲哀的。

〔6〕鹍鹉(tí jué)，又作鹈鴃，即杜鹃。蕙草，一种香草，初秋开红花。色已陈，颜色已不新鲜，即凋枯之意。这两句语本屈原《离骚》："及

年岁之未晏(晚)兮,时亦犹其未央(尽),恐鹈鴃之先鸣兮,使夫百草为之不芳。"杜鹃之鸣,初夏最甚,而其时百花多已开过,所以说"百草为之不芳"。"恐鹈鴃"二句旧注或释为:鹈鴃秋鸣,草木凋落。岑参这两句即用其意,谓暮秋鹈鴃已鸣,蕙草凋枯,比喻自己年岁渐大,已失去施展抱负的机会。

临河客舍呈狄明府兄留题县南楼[1]

黎阳城南雪正飞,黎阳渡头人未归[2]。河边酒家堪寄宿,主人小女能缝衣[3]。故人高卧黎阳县,一别三年不相见。邑中雨雪偏着时,隔河东郡人遥羡[4]。邺都唯见古时丘,漳水还如旧日流[5]。城上望乡应不见,朝来好是懒登楼[6]!

〔1〕岑参在开元二十七年(739)冬末自河朔归长安,本诗即归途吉经黎阳县时所作。诗中主要赞扬黎阳令在任内的治绩和抒发自己的思乡之情。临河,河即指黄河。狄任黎阳县县令,名字及生平不详。

〔2〕黎阳,唐县名,地在今河南浚县东,唐时古黄河流经其东南。黎,宋刻本、明抄本、底本均作"凤",按凤阳故址在今安徽省境,当误。此从《全唐诗》。黎阳渡头,即黎阳津,古渡津名,又名白马津,故址在黎阳县东南,位于古黄河北岸。《元和郡县志》卷二十:"白马故关在(黎阳)县东一里五步。郦食其说高祖曰:杜白马之津。即此处也,后更名黎阳津。"按古黄河河道当流经今河南浚县与滑县之间,金代时方改道南徙。人未归,作者自指。宋刻本句下注:"一作黎阳渡口人渡稀。"这两句点出时届冬令,自己为雪所阻,滞留于黎阳津,从而引出下面"河边"

二句。

〔3〕缝衣,指替自己缝补旅途中破残了的衣服。

〔4〕故人,指狄明府。高卧,高枕而卧,安闲自在之意。雨雪,即下雪。着时,适时。东郡,古郡名,唐时改名滑州,治滑台城(今河南滑县东旧滑县),与黎阳县隔黄河相望。前两句说和狄明府数年未遇,后两句赞扬他治绩斐然,竟致风调雨顺,为邻郡所羡慕。

〔5〕邺都,见《登古邺城》注〔1〕。丘,废墟。漳水,见《登古邺城》注〔3〕。这两句说邺都繁荣已成陈迹,只有漳水东流,今古不殊。

〔6〕好是,犹言很是。楼,即题中的"县南楼"。这两句说,旅人怀念家乡时,不免要登高远眺,但因家乡远而难见,故而懒登城楼。

山房春事二首〔1〕

风恬日暖荡春光,戏蝶游蜂乱入房〔2〕。数枝门柳低衣桁,一片山花落笔床〔3〕。

〔1〕疑为岑参早年隐居时所作。诗中描写了春天风和日丽,蜂蝶纷飞,柳绿花红,生意盎然的气象。诗题底本作"山房春事",各本多作"山房春事二首",《唐诗三集合编》、谢刻本作"山房春事",仅有第二首(见下)。

〔2〕恬,平静,春风和煦,故云。荡,荡漾。下句中用一个"乱"字,巧妙地表现了春天生意蓬勃的气象。

〔3〕桁(héng),同笐,衣桁即衣架。上句说门前春柳新枝下垂,袅娜而长,竟至低拂房内衣架。笔床,笔架。这两句通过门柳、山花的具体形象,表现了山房周围的一片春色。

梁园日暮乱飞鸦,极目萧条三两家[1]。庭树不知人去尽,春来还发旧时花[2]。

〔1〕这可能是岑参游梁园时写的一首怀古诗。诗中触景生情,感叹岁月流逝,人事俱非。可能开元末作者自河朔归京时曾至梁园,这首诗即当时所作。底本于此诗前仅标一个"同"字。按此诗内容与题意不合,疑原题阙脱而被后人误冠以"同"字(也可能"同"字下有阙文),其后又据此"同"字而与前诗误合为一,改题为"山房春事二首"。《唐人万首绝句》录《山房春事》,无第二首,可为佐证。梁园,又名兔园,有亭台山水之胜,汉梁孝王刘武所建,以招延四方豪杰。园建成后,许多文学、游说之士,如枚乘、邹阳、司马相如等,曾聚集在这里。事见《西京杂记》。梁园故址在今河南商丘东,唐时已成废墟。这两句说,梁园荒芜,黄昏时乌鸦乱飞,尽目力所及眺望远处,人烟稀少,一片萧条景象。

〔2〕这两句感叹人事变迁,而景物却今古依然。发,底本作"落",此从明抄本《全唐诗》。

送王大昌龄赴江宁[1]

对酒寂不语,怅然悲送君[2];明时未得用,白首徒攻文[3]。泽国从一官,沧波几千里[4];群公满天阙,独去过淮水[5]。旧家富春渚,尝忆卧江楼[6];自闻君欲行,频望南徐州[7]。穷巷独闭门,寒灯静深屋;北风吹微雪,抱被肯同宿[8]。君行到京口,正是桃花时;舟中饶孤兴,湖上多新诗[9]。潜虬且深蟠,黄鹤飞未晚〔10〕;惜君青云器,努力加餐饭〔11〕!

〔1〕开元二十八年(740)冬,王昌龄被谪为江宁(今江苏南京市)县丞,岑参在长安和他饮酒道别,写了这首诗。诗中对怀才不为世所用、遭受贬谪的友人,表示了真切的同情和诚挚的慰勉。王昌龄,盛唐诗人,字少伯,京兆(今陕西西安市)人。王昌龄有《留别岑参兄弟》、李颀(qí)有《送王昌龄》等诗,可以参看。

〔2〕这两句写设酒饯行,相对无言,彼此都被临别前的惆怅气氛所笼罩。悲,宋刻本注:"一作愁。"

〔3〕明时,政治清明之时。攻,《文苑英华》、《唐百家诗选》作"工"。

〔4〕泽国,多水之地,江宁为江南水乡,故云。从,为、任。

〔5〕阙,宫阙,宫门前望楼。天阙,指朝廷。淮水,即淮河。王赴江宁需渡淮水。以上四句写王昌龄被贬官江宁,独自孑然远行。

〔6〕旧家,与下"尝忆"对文,"家"为动词,"旧家"即过去住在之意。富春,富春江,浙江的一段,在今浙江富阳南。渚,水中小洲。按岑父植曾调补衢州司仓参军,唐时衢州属江南东道,治所在西安(今浙江衢州)。衢州临浙江的一源信安江。这里以富春江泛指浙江。

〔7〕南徐州,东晋南渡,在京口(今江苏镇江市)侨置徐州,故称南徐州,辖今江苏长江以南、太湖以北一带地方。按岑植又曾任江南东道润州句容县令,润州治所在丹徒(属今镇江市),句容县地当古南徐州辖境。但岑参生在仙州(今河南中、西部地)官廨,并未去过富春,南徐。以上四句因王昌龄去江宁,所以引起作者作这样的追溯。望,《文苑英华》作"梦"。

〔8〕以上四句写行前作者邀王同宿,表现了他们之间深挚的友情。

〔9〕这两句是说到京口以后,即使孑然一身,但春日可以泛舟湖

93

上,也是饶有兴味的事,因而必多新作。以上四句是对友人的宽慰之词。

〔10〕虬,古代传说有角的龙。蟠,盘屈而伏。《周易·乾》:"潜龙勿用。"传:"圣人侧微,若龙之潜隐,未可自用,当晦养以俟时。"黄鹤,传说仙人所乘大鸟,善高翔,一举千里。这两句是说,愿王姑且潜隐待时,将来得机会再施展自己的大才,也不为晚。未,底本及宋刻本、铜活字本均作"来",于文义不合,此据《唐诗三集合编》改。

〔11〕惜,爱惜。器,指才器;青云器,形容才能很高。"努力"句,劝友人保重身体之意。《古诗十九首·行行重行行》:"弃捐勿复道,努力加餐饭。"

宿关西客舍寄东山严许二山人时
天宝初七月初三日在内学见有高道举征^{〔1〕}

云送关西雨,风传渭北秋^{〔2〕}。孤灯然客梦,寒杵捣乡愁^{〔3〕}。滩上思严子,山中忆许由^{〔4〕}。苍生今有望,飞诏下林丘^{〔5〕}。

〔1〕此诗作于天宝元年(742)秋,当时作者自长安东行,寄宿于关西客舍。诗中抒写了作者缅怀友人和思念家乡(是时岑家仍居颍阳)的感情。关西,潼关之西。东山,东晋时谢安曾辞官隐居会稽(治所在今浙江绍兴)东山,后用以泛指归隐之所。山人,对隐逸之士的通称。内学,道家以道学为内学。《晋书·葛洪传》:"(洪)师事南海太守鲍玄。玄亦内学,逆占将来,见洪,深重之。"这里指"崇玄学"。按唐玄宗时崇奉道教,开元二十九年始于两京及诸郡玄元皇帝(老子)庙立崇玄学(后改称崇玄馆),置崇玄博士(后改称学士)、助教(后改称直学士)等,令生徒学

习《道德经》、《庄子》、《文子》、《列子》，习成后可以参加考试（考试方法与明经同），谓之道举。天宝元年玄宗曾下令，"今冬崇玄学人，望且准开元二十九年制考试"。可知天宝元年曾有道举。参见《唐会要》五十、六十四、七十七卷。诗题宋刻本、明抄本等作"七月三日在内学见有高近道举征宿关西客舍寄东山严许二山人"；底本作"宿关西客舍寄山东严许二山人时天宝高道举征"；此从《全唐诗》。《文苑英华》同《全唐诗》，唯缺"内"字。

〔2〕渭北，陕西渭水以北地区。

〔3〕然，燃本字。客，作者自称。杵(chǔ)，捣衣用的棒槌。寒杵，指秋天的捣衣声。这两句说，客舍中的孤灯，"燃"起了旅人的思归之梦；秋夜阵阵杵声，摧人心腑，似乎那棒槌捣的不是衣裳，而是旅人思乡的愁绪。

〔4〕严子，东汉初隐士严光，字子陵。本姓庄，避汉明帝讳改为严。会稽人，少时与刘秀同游学。刘秀即帝位后，严光改名隐居，披裘垂钓于富春江畔，钓处有"严陵滩"之称。事见《后汉书·逸民列传》、《高士传》。许由，字武仲，古史传说中尧时的隐士。相传尧到沛泽，想把君位让给他，许由辞谢，逃至箕山（在今河南登封境）下，农耕而食。尧又请他做九州的长官，他认为这话玷污了他的耳朵，就跑到颍水边去洗耳。事见《史记·伯夷列传》、《高士传》。这里以严光、许由喻严、许二山人。

〔5〕苍生，老百姓。有望，有指望。林丘，树林山丘，指严、许隐居处。这二句说百姓现在有了指望，因为朝廷正下诏征用贤才，语中含有希望故人应试出仕的意思。

秋夜宿仙游寺南凉堂呈谦道人〔1〕

太乙连太白，两山知几重〔2〕。路盘石门窄，匹马行才通〔3〕。

日西到山寺,林下逢支公[4]。昨夜山北时,星星闻此钟[5]。
秦女去已久,仙台在中峰。箫声不可闻,此地留遗踪[6]。石
潭积黛色,每岁投金龙[7]。乱流争迅湍,喷薄如雷风[8]。
夜来闻清磬,月出苍山空[9]。空山满清光,水树相玲珑[10]。
回廊映密竹,秋殿隐深松[11]。灯影落前溪,夜宿水声中。
爱兹林峦好,结宇向溪东[12]。相识唯山僧,邻家一钓翁。
林晚栗初拆,枝寒梨已红[13]。物幽兴易惬,事胜趣弥
浓[14]。愿谢区中缘,永依金人宫[15]。寄报乘辇客,簪裾尔
何容[16]!

〔1〕这是一首给仙游寺僧人的酬酢诗。主要描写山寺周围秋夜景
色的幽美,诗末还抒发了自己想辞别尘世、寄情山水的愿望。据末二句
诗意及语气,此诗似为天宝三载(744)岑参出仕前隐居终南山时所作。
仙游寺,在陕西周至县附近。《长安志》卷十八:"仙游寺在周至县东三
十五里。"道人,晋宋以后称和尚为道人,意为修道之人。

〔2〕太乙,山名,即今西安市南之南五台山。《西安府志》卷二太乙
山条引《三秦记》:"太一(乙)在骊山西,山之秀者也,一名地肺山,今称
南五台山,道由石鳖谷东南竹谷入。"太白,山名,即今陕西眉县南太白
山。自太乙山至太白山数百里间均为秦岭山脉峰峦,故称"知几重"。

〔3〕这两句说,山间小路盘曲,两旁山石对峙如门,仅容匹马通行。

〔4〕支公,东晋高僧支遁(字道林)。后常以支公、支郎代指僧徒,
这里指谦道人。

〔5〕星星,犹点点。

〔6〕秦女,即弄玉。《列仙传》卷上:"萧史得道好吹箫,秦穆公以女
弄玉妻之,遂教弄玉吹箫,作凤鸣,有凤来止其屋。公为作凤台,后弄玉

96

乘风,萧史乘龙,共升天去。"仙台,指凤台,相传故址在太白山中。遗踪,疑指弄玉祠。李华《仙游寺》诗自注:"有龙潭穴、弄玉祠。"可证。以上四句引用传说写寺旁有古迹之胜。

〔7〕石潭,即仙游潭,又名黑水潭。《陕西名胜志》卷二:"望仙泽在(周至)县东南三十里,……又五里,即长杨宫,故址稍南为仙游潭,阔二丈,其水深黑,号五龙潭。唐时每岁降中使投金龙于此。"黛,古时女子用以画眉的青黑色颜料,这里形容潭水深邃而呈黑色。

〔8〕湍(tuān),水流迅急。喷薄,水流相激荡而腾涌。这两句说山间溪流迅急,因而发出象疾风、轰雷似的声响。如雷风,底本注:"一作来如风。"

〔9〕上句说夜静时磬声清润悠扬。下句说在月光下山中更显得空寂。

〔10〕玲珑,明彻貌。这两句写水、树在月光映照下明亮透彻的景象。

〔11〕映,映带,映衬。这两句是说密竹与回廊互相映衬,寺殿隐藏在深茂的松林之中。

〔12〕峦,山峰。结宇,构建庐舍。这两句写自己的愿望,和最后四句相呼应。

〔13〕拆,裂开。底本注:"一作晚栗枝初折,寒梨叶已红。"此二句写山中秋色:栗子的球形壳斗因成熟而开裂,梨树树叶随秋寒而变红。

〔14〕物幽,指自然界的景物幽静。惬,满足。胜,佳妙。

〔15〕谢,辞。区中缘,人世的尘缘。依,皈(guī)依,归依。金人,指佛或佛像。《汉书·霍去病传》:"收休屠祭天金人。"颜师古注:"今之佛像是也。"金人宫,即佛寺,此指仙游寺。这两句表示愿在山中学佛。

〔16〕辇(niǎn),古时用人力拉着走的车子。乘辇客,指朝官。簪,古人用以连接冠和发髻的一种首饰,长约一尺,横穿髻上,两端悬挂珠玉

等饰物。裾,大襟。簪裾,指仕者簪冠曳裾之状,尔,你们。何容,意谓怎么能够忍受得了。

沣头送蒋侯[1]

君住沣水北,我家沣水西。两村辨乔木,五里闻鸣鸡[2]。饮酒溪雨过,弹棋山月底[3]。徒开蒋生径,尔去谁相携[4]?

〔1〕本诗写作年代不详,疑为岑参早年隐居长安近郊时所作。诗里描述作者归隐田园时与邻人蒋侯建立的友谊及彼此相过从的欢洽之情。沣头,沣水头。沣水一作丰水,源出终南山,西北流注入渭河,即今西安市西南沣河。沣(澧),《全唐诗》作"澧",系形近致误。

〔2〕乔木,高大的树木。两村可互辨乔木,互闻鸡啼,可见相邻之近。下句本陶渊明《桃花源记》中"阡陌交通,鸡犬相闻"之意。

〔3〕弹棋,古代的一种博戏。这两句说畅饮之间溪雨已过,弹棋直到月亮将落,表现相过从时的欢洽之情。

〔4〕蒋生,汉代杜陵人蒋诩(xǔ),字元卿,哀帝时任兖州刺史。王莽代汉,蒋诩告病求归,卧不出户,仅在房前竹丛下开三径(小路),和好友求仲、羊仲来往。事见《高士传》、《三辅决录》。这两句用蒋诩故事比喻自己和蒋侯的友谊,意谓徒开过从之路,你走以后,又有谁可以交往呢?

初授官题高冠草堂[1]

三十始一命,宦情多欲阑[2]。自怜无旧业,不敢耻微官[3]。

涧水吞樵路,山花醉药栏〔4〕。只缘五斗米,辜负一渔竿〔5〕。

〔1〕天宝三载(744),岑参应试及第,同年四月授右内率府兵曹参军,此诗即作于授职后不久。诗中描写了作者当时的矛盾心理:一方面因官卑职微、不被重用和留恋山居生活而懊悔出仕,另方面迫于生计又不得不为之。高冠,即高冠谷,岑参在终南山的隐居处,地在今陕西西安市鄠邑区东南。《长安县志》卷十三:"终南山自鄠县东南圭峰入(长安)县西南界,东为高冠谷,高冠谷水出焉。谷口有铁锁桥,为长安、鄠县分界。"草堂,旧时山野间的住所多称为草堂。

〔2〕一命,命谓加爵服,一命本周代官秩的最低一级(下士),这里借指"右内率府兵曹参军"职。按右内率府是唐时十率府之一,为太子属官,掌东宫兵仗、仪卫、门禁等职事。府置兵曹参军,从八品下,"掌武官簿书"。是时岑参三十岁。宦情,做官的念头。阑,残,尽。这两句说,年已三十,方得微官,宦情已经淡薄。

〔3〕旧业,祖先遗留的产业。上句即岑参《感旧赋》中"无负郭之数亩"意。这两句承上两句意,说出仕是因为生活所迫。

〔4〕涧水,指高冠谷水。《长安志》卷十五:"高观(冠)谷水在(鄠)县东南三十里,阔三步,深一尺,其底井碎砂石。"一个"吞"字,把初夏山涧涨溢的情景淋漓尽致地刻划了出来。醉,指山花色红,有如人醉后面泛红晕。药栏,即栏杆。药字音义同"蒢"(篱)。《汉书·宣帝纪》:"又诏池蒢未御幸者假与贫民。"注:"苏林曰:折竹以绳绵连禁御,使人不得往来,律名为蒢。"《资暇录》:"园亭药栏,栏即药,药即栏,犹言围援也。"按唐诗中药栏作"栏栅"而不作花药之栏解者屡见:杜甫《将赴成都草堂途中有作先寄严郑公五首》:"常苦沙崩损药栏。"罗隐《竹》:"篱外清阴接药栏。"此二句描写草堂附近山中景色。

〔5〕只缘,只因为。五斗米,指微薄的官俸。萧统《陶渊明传》:"会

郡遣督邮至,县吏请曰:'应束带见之。'渊明叹曰:'我岂能为五斗米折腰向乡里小儿!'即日解绶去职,赋《归去来》。"渔竿,渔钓生涯,指隐居生活。这两句承第三、四两句,写对山居生活的留恋。

高冠谷口招郑鄠[1]

谷口来相访,空斋不见君。涧花然暮雨,潭树暖春云[2]。门径稀人迹,檐峰下鹿群[3]。衣裳与枕席,山霭碧氛氲[4]。

〔1〕本诗似为岑参授官离高冠后偶回访友人郑鄠(hù)之作,年代当稍后于《初授官题高冠草堂》。诗中描绘了高冠谷安谧恬静、充满生意的春天景色。高冠谷,见前篇注〔1〕。冠,宋刻本、《文苑英华》、底本均作"宫",《文苑英华》注:"集作冠。"作"冠"是。

〔2〕涧,指高冠谷水。然,同燃。潭,指高冠潭,《长安县志》卷十三:"(丰水)又北高冠谷水自西南来注之,水出南山。高冠谷内有石潭,名高冠潭。"上句说,涧边山花在暮雨中开放,色更红艳,犹如火在燃烧。下句说,潭畔树木为春日山间的云气所笼罩,给人"温暖"的感觉。这两句写涧花、潭树的蓬勃生机,构思别具一格。

〔3〕檐峰,指如房檐般向外突出的山峰。这两句以人迹的稀少和鹿群的出没,反衬出空斋周围的一片恬静。

〔4〕山霭(ǎi),山间云气。氛氲(fēn yūn),云气弥漫的样子。这两句说,只见空斋里的衣物,隐藏在一片弥漫的山间云气之中。碧,《文苑英华》作"绿"。

宿蒲关东店忆杜陵别业[1]

关门锁归路,一夜梦还家[2]。月落河上晓,遥闻春树鸦[3]。
长安二月归正好,杜陵树边纯是花!

[1] 岑参在天宝五、六载(746—747)间曾往游晋(晋州,治所在今山西临汾市)、绛(绛州,治所在今山西新绛县),此诗疑即自晋、绛归京途中所作。诗里抒写了作者的思归之心和即将抵家时的欢悦感情。蒲关,即蒲津关。据《新唐书·地理志》载,河中府河西县有蒲津关。蒲津关一名蒲坂关,又名临晋关,战国魏置,故址在今陕西大荔县东黄河西岸,为秦、晋间黄河的重要渡口。杜陵,古县名,原为杜县,汉宣帝元康元年(公元前65)筑陵于此,改名杜陵,地在今西安市东南。别业,别墅。

[2] 这两句说,夜晚关门已闭,不能继续赶路,但思家心切,梦中已先归去。路,《全唐诗》作“客”。

[3] 这两句写梦醒时月落乌啼,天色已晓,又可上路。

胡笳歌送颜真卿使赴河陇[1]

君不闻胡笳声最悲,紫髯绿眼胡人吹[2]。吹之一曲犹未了,
愁杀楼兰征戍儿[3]。凉秋八月萧关道,北风吹断天山
草[4]。昆仑山南月欲斜,胡人向月吹胡笳[5]。胡笳怨兮将

送君，秦山遥望陇山云^{〔6〕}。边城夜夜多愁梦，向月胡笳谁喜闻^{〔7〕}！

〔1〕本诗作于天宝七载（748），时颜真卿出使河陇，作者在长安写此诗赠行。诗歌先写胡笳声的悲凉动人，接写送别时正值秋天，边地风凄厉，边地笳声尤能引起征人的乡愁，最后写惜别和别后对友人的怀念。胡笳，古代管乐器，木制，有孔，两端弯曲。汉时即流行于塞北和西域一带，汉魏鼓吹乐中常用此器。颜真卿（709—785），字清臣，京兆万年（今陕西西安市）人，官至太子太师，封鲁郡公，世称颜鲁公。两《唐书》有传。《全唐文》卷五四一殷亮《颜鲁公行状》："（天宝）七载，又充河西陇右军试覆屯交兵使。"河陇，河西、陇右。河西，景云元年（710）始置河西节度使，治所在凉州（今甘肃武威）；陇右，开元元年（713）始置陇右节度使，治所在鄯州（今青海乐都）。底本题中无"使"字，此从《全唐诗》。

〔2〕髯（rán），颊毛。绿，《唐诗三集合编》作"碧"，《全唐诗》亦注："一作碧"。

〔3〕楼兰，汉时西域国名，地在今新疆维吾尔族自治区若羌县东北。此借指唐代西域之地。这两句说，笳声悲凄，触发了边地戍卒的愁怨之思。

〔4〕萧关，古关名，故址在今宁夏回族自治区固原市东南，为自关中通向塞北的交通要道。天山，横贯新疆维吾尔族自治区中部的山脉。这两句说凉秋八月，萧关道中北风强劲，竟可吹折天山之草。按萧关、天山都不是颜赴河陇须经行的地方（下文"昆仑山"同），这里只是借它们来描写边地的风物节候。

〔5〕昆仑山，从新疆南部向东延伸入青海省境。月欲斜，月亮升到中天后即将下落，指夜已深。这两句写边地月夜笳声悲凉。

〔6〕秦山，又名秦岭，即终南山，主峰在陕西西安市东南。陇山，或

称陇坂，在今陕西陇县西北，为赴河、陇必经之地。上句由笛声之悲转而写送别之怨，把送别和笛声之悲联系起来；下句说分别以后，自己无限思念故人，将从秦山遥望陇山之云。

〔7〕这两句想象颜到边城以后，将因思归而多愁梦，怎么愿意听那月夜悲凉的胡笛声！月，底本注："一作夜。"

青门歌送东台张判官〔1〕

青门金锁平旦开，城头日出使车回〔2〕。青门柳枝正堪折，路傍一日几人别〔3〕。东出青门路不穷，驿楼官树灞陵东〔4〕。花扑征衣看似绣，云随去马色疑骢〔5〕。胡姬酒垆日未午，丝绳玉缸酒如乳〔6〕。灞头落花没马蹄，昨夜微雨花成泥〔7〕。黄鹂翅湿飞屡低，关东尺书醉懒题〔8〕。须臾望君不可见，扬鞭飞鞚疾于箭〔9〕。借问使乎何时来？莫作东飞伯劳西飞燕〔10〕！

〔1〕本诗约作于安史之乱以前作者在长安时，具体年代不详。诗里先写一个春天的早晨，在长安东门外送别友人、为其置酒饯行的情景，接着写友人刚走，就盼望他能够再来的心情。青门，即青绮门，汉长安东面三城门之一，又名春明门、青瓜门。《三辅黄图》卷一："长安城东出南头第一门曰霸城门，民见门色青，名曰青城门，或曰青门"。这里指唐长安东门。东台，即东都留台，官署名。宋程大昌《演繁露》卷七："唐都长安，于洛阳为西，而洛阳亦有留台，故御史长安名西台，而洛阳名东台。"唐时除京师长安有御史台（统台、殿、察三院）的设置外，洛阳又有东都

留台,设御史中丞、侍御史各一人,殿中侍御史二人,监察御史三人。判官,官名,是节度、观察、防御等使的僚属。按东台僚属无判官,然唐留台御史中丞每兼任都畿采访处置使(也是管监察的官),其属员有判官。

〔2〕金锁,指城门门锁。平旦,天刚亮。使车回,指张判官奉使来京后,即将乘车复返东台。

〔3〕这两句说,时当春天,柳树萌芽抽叶,正可攀折,路傍每日有许多人折柳赠别。按,古时有折柳赠别的习俗,柳谐"留"声,表示挽留惜别之意。

〔4〕驿楼,驿站,古代供传递公文者及出差官员在中途歇宿或换乘坐骑的处所。官树,官道两旁的树。古时大路为官府所建,故称"官道"。灞陵,西汉文帝陵墓所在地,在长安东南郊,唐时对离长安的人多在此送别。上句说张判官出长安东门以后的征途尚远,下句写东门外的景色。

〔5〕征衣,远行人所穿的衣服。上句说落花扑到张判官的衣服上,看去犹如绣衣一般。"绣衣"双关,隐指张在御史台供职。汉时朝廷或派遣侍御史(御史台属官)为"直指使"到各地审理重大案件,直指使穿绣衣,称"绣衣直指"。骢(cōng),淡青色马。下句说所乘白马因天空云影遮映,望去有如骢马。"骢"字双关,隐指"骢马御史"。《后汉书·桓典传》载,桓典任侍御史时,常乘骢马,宦官畏之,京师有语曰:"行行且止,避骢马御史。"

〔6〕胡姬,姬(jī),古时妇女的美称。唐代长安西市、东门、曲江一带,多有"胡人"开设的酒店,且有"胡姬"侍酒。垆,酒店里放置酒瓮的土台子,也指酒店。丝绳,系在坛子两耳上作提携之用的绳子。玉缸,指酒坛。酒如乳,指醇酒,古时的酒为米酒,浓者色白如乳。辛延年《羽林郎》:"胡姬年十五,春日独当垆,就我求清酒,丝绳提玉壶。"这两句写在东门外酒店中为张判官饯行。

〔7〕灞头,一名灞上,即霸上,因地处霸水得名,在今西安市东。这两句写夜来春雨未干,落花遍地,酒后登程,马蹄没在花泥之中。

〔8〕黄鹂,即黄莺。关东,潼关以东地区,此处当指洛阳。尺书,书信。上句写景,意思是说,春雨淋湿了黄莺的翅膀,因而不能高飞。下句说,因为酒醉,自己不能提笔写信请张带给在洛阳的故人。

〔9〕须臾,一会儿。鞚(kòng),马笼头。飞鞚犹言飞马。于,《全唐诗》作"如"。

〔10〕使乎,对使者的赞美之词,语出《论语·宪问》,这里指张判官。伯劳,又名博劳,鸣禽,背色灰褐,尾长,喜单栖。古乐府辞《东飞伯劳歌》:"东飞伯劳西飞燕,黄姑织女时相见。"这两句是说希望张能常来长安相见,切莫像伯劳与燕子那样东西分飞、永远别离。

初过陇山途中呈宇文判官〔1〕

一驿过一驿〔2〕,驿骑如星流,平明发咸阳,暮及陇山头〔3〕。陇水不可听,呜咽令人愁〔4〕。沙尘扑马汗,雾露凝貂裘〔5〕,西来谁家子,自道新封侯〔6〕。前月发安西〔7〕,路上无停留,都护犹未到,来时在西州〔8〕。十日过沙碛〔9〕,终朝风不休,马走碎石中,四蹄皆血流。万里奉王事,一身无所求〔10〕,也知塞垣苦〔11〕,岂为妻子谋! 山口月欲出,光照关城楼〔12〕,溪流与松风,静夜相飕飀〔13〕。别家赖归梦,山塞多离忧〔14〕,与子且携手,不愁前路修〔15〕。

〔1〕天宝八载(749),岑参赴安西,在高仙芝幕府任职。这首诗就

105

是他赴安西途经陇山时作的。诗中先写作者在陇山遇到来自安西的宇文判官,接着写宇文氏旅途的艰苦生活,最后抒写了诗人自己为国从军、不畏艰苦的豪迈精神。陇山,在今陕西陇县西北。宇文判官,据本篇及《武威春暮闻宇文判官西使还已到晋昌》、《寄宇文判官》等诗,知宇文氏当时任安西四镇节度使高仙芝属下判官。

〔2〕驿,见《青门歌送东台张判官》注〔4〕。

〔3〕平明:天刚亮。咸阳,秦朝定都咸阳,在今陕西咸阳市东,此处借指唐都长安。及,底本作"到",此从铜活字本、《全唐诗》。

〔4〕陇水,《元和郡县志》卷三十九说"陇山有水,东西分流"。北朝乐府《陇头歌辞》:"陇头流水,鸣声呜咽,遥望秦川,肝肠断绝。"这两句即用其意。

〔5〕这两句写宇文判官长途跋涉的辛劳。

〔6〕谁家子,即指宇文判官。侯,爵位名,汉代用以封功臣贵戚。唐代封爵有县侯,这里泛指获得官爵。大约宇文氏当时新任判官。

〔7〕安西,指安西节度使治所龟(qiū)兹镇,在今新疆维吾尔自治区库车县。

〔8〕都护,官名,这里指安西节度使高仙芝。唐初于西部边地置安西都护府,府设都护一人,总领府事。又唐玄宗时更置安西节度使,辖地在安西都护府,节度使例兼安西都护,故称安西节度使为都护。考《旧唐书·高仙芝传》,仙芝天宝八载曾入朝。西州,州名,天宝元年更名交河郡,辖今新疆吐鲁番盆地一带。治所在高昌,即今吐鲁番东南达克阿奴斯城。

〔9〕碛,本意为水中沙石堆。沙碛即指沙漠、戈壁。按,出玉门关西北至伊州(今新疆哈密)、西州有沙碛,又"(焉耆)东去交河城(西州)九百里,西至龟兹九百里,皆沙碛"(《通典》卷一九二)。

〔10〕这两句说到万里之外为君国服役,别无所求。

〔11〕塞垣,沿边塞所筑防御用的墙垣,这里泛指边塞。

〔12〕关,陇山下有陇关,又名大震关。光,李校本、铜活字本等作"先"。

〔13〕飕飗(sōu liú),风声。相飕飗,意谓竞相发出响声。

〔14〕上句说,离家后只能依靠在梦中归家获得慰藉;下句说,山塞间到处充满着离别的忧思。塞,底本注:"一作色。"

〔15〕子,对宇文判官的尊称。愁,底本作"肯",据李校本、明抄本等改。修,长。

西过渭州见渭水思秦川〔1〕

渭水东流去,何时到雍州〔2〕?凭添两行泪,寄向故园流〔3〕。

〔1〕此诗作于赴安西途中,表现了诗人思念长安的深挚感情。渭州,唐州名,治所在今甘肃陇西县西南,渭水流经这里。渭水,源出甘肃渭源县西南鸟鼠山,东流至陕西朝邑县入黄河。秦川,犹关中,指今陕西省中部地区。

〔2〕雍州,唐初置雍州,治所在长安,开元元年(713)改为京兆府。

〔3〕凭,请。故园,指诗人在长安的家。

逢入京使〔1〕

故园东望路漫漫,双袖龙锺泪不干〔2〕。马上相逢无纸笔,凭君传语报平安〔3〕。

〔1〕赴安西途中作。诗歌真切而自然地抒写了诗人思念故乡及家人的深沉感情。

〔2〕龙锺,沾湿貌。明方以智《通雅》说,龙锺或转作泷涷,《广韵·一东》:"涷,泷涷,沾渍。"

〔3〕凭,烦,请。这两句形象地写出了马上相逢的匆匆行色。

经火山〔1〕

火山今始见,突兀蒲昌东〔2〕。赤焰烧虏云〔3〕,炎氛蒸塞空。不知阴阳炭,何独燃此中〔4〕?我来严冬时,山下多炎风,人马尽汗流,孰知造化功〔5〕!

〔1〕赴安西途中作。诗中刻划了火山的奇异风光。火山,又叫火焰山,自新疆吐鲁番向东断续延伸至鄯善县以南。山系红砂岩所构成,加上其地气候干热,故名。

〔2〕突兀,高耸的样子。蒲昌,县名,在今新疆鄯善县,唐时属西州交河郡。

〔3〕虏,这里指西北边地。

〔4〕阴阳炭,语出贾谊《鵩鸟赋》:"且夫天地为炉兮,造化为工(冶匠);阴阳为炭兮,万物为铜。"赋以冶铜为喻,来说明万物的生成变化。阴阳,古人认为是通贯物质和人事的两大对立面,它和造化一样,都是决定万物生成变化的一种重要因素。即是说,火山的形成,也离不开阴阳

的作用。这两句说，不知为什么阴阳之炭，唯独在这座火山里燃烧？

〔5〕造化，创造、化育万物者，指天。这句说，有谁能够知道造化的功绩呢！

银山碛西馆^{〔1〕}

银山峡口风似箭，铁门关西月如练^{〔2〕}。双双愁泪沾马毛，飒飒胡沙迸人面^{〔3〕}。丈夫三十未富贵，安能终日守笔砚^{〔4〕}！

〔1〕赴安西途中作。这首诗前四句写边地风物引发的愁绪，最后两句写自己来边地的目的，意在激励自己，排遣愁绪。银山碛，《新唐书·地理志》载，由西州交河郡西南行，"百二十里至天山西南，入谷，经礌石碛二百二十里至银山碛。"银山碛又称银山，在今新疆吐鲁番西南的库木什附近。馆，客舍，古时官府设置用来接待宾客的处所。

〔2〕峡，铜活字本、《全唐诗》作"碛"。铁门关，《新唐书·地理志》："自焉耆（今新疆焉耆附近）西五十里过铁门关。"关在银山碛西南。练，白色的熟绢。

〔3〕飒飒(sà)，风声。迸，溅射。

〔4〕三十，实际此时作者已三十五岁，三十是约举成数。守笔砚，《后汉书·班超传》载，超"家贫，常为官佣（雇佣）书（抄写）以供养，久劳苦。尝辍业投笔叹曰：'大丈夫无他志略，犹当效傅介子、张骞（都是西汉人，曾出使西域，以功被封为义阳侯和博望侯）立功异域以取封侯，安能久事笔研（通砚）间乎！'"这两句说自己年已三十多而功名未成，怎能老是从事笔墨生涯，不来边地作一番事业！

题铁门关楼[1]

铁关天西涯,极目少行客[2]。关门一小吏,终日对石壁。桥跨千仞危,路盘两崖窄[3]。试登西楼望,一望头欲白[4]。

〔1〕这首诗作于赴安西途中,诗里描写了铁门关的险峻和周围的荒凉景象。铁门关,见《银山碛西馆》注〔2〕。

〔2〕关,底本作"门",今据铜活字本、《全唐诗》校改。极目,纵目远望。

〔3〕仞,古以周尺七尺(一说八尺)为一仞。千仞,形容极高。盘,曲。两崖,指对峙的山崖。这两句说,桥跨越在千仞峭壁之上,何等危险;路盘曲于两崖之间,多么狭窄。

〔4〕这两句不直接写登楼后所看到的景物,而通过描写自己的心理感受,去唤起读者的想象。

宿铁关西馆[1]

马汗踏成泥,朝驰几万蹄[2]。雪中行地角,火处宿天倪[3]。塞迥心常怯,乡遥梦亦迷[4]。那知故园月,也到铁关西[5]。

〔1〕赴安西途中作。诗中表现诗人旅途的生活和思念故乡的感情。铁关,即铁门关。

〔2〕这两句说,打清早起,马已奔驰了好长路程,马汗把地淌湿,马蹄又将湿地踏成泥。

〔3〕地角,地的尽头。倪,端,边际。下句说夜里寄宿在天边有灯火的地方,即指铁关西馆。

〔4〕迥(jiǒng),远。上句说,寄宿在遥远的边地心里常感到胆怯;下句说,故乡遥远,梦中归去也会迷路。下句意本《楚辞·九章·抽思》:"惟郢(楚国国都)路之辽远兮,魂一夕而九逝。曾不知路之曲直兮,南指月与列星。愿径(直)逝而不得兮,魂识路之营营(往来不绝的样子)。"《抽思》是屈原被迁谪于汉北时作的。这几句诗抒发了诗人思念郢都的感情。

〔5〕这两句形容月似有情,伴随诗人。

碛中作〔1〕

走马西来欲到天,辞家见月两回圆〔2〕。今夜不知何处宿,平沙万里绝人烟!

〔1〕赴安西途中作。诗里描写绝域的荒凉和作者的思乡情绪。碛,沙碛,沙漠,参见《初过陇山途中呈宇文判官》注〔9〕。

〔2〕上句写西行已远,下句写离家已久。

过碛〔1〕

黄沙碛里客行迷,四望云天直下低〔2〕。为言地尽天还尽,行到安西更向西〔3〕。

〔1〕天宝八载（749）初抵安西时作。诗中描写沙漠的茫无边际和作者越过沙漠抵达安西的感受。这首诗底本不载，此据《全唐诗》。

〔2〕这两句写沙漠茫无边际、四望与天相连的景象。

〔3〕这两句说，到了天地的尽头，但过了沙漠，到达安西，向西仍有无边无际的天地。

碛西头送李判官入京〔1〕

一身从远使〔2〕，万里向安西。汉月垂乡泪，胡沙费马蹄〔3〕。寻河愁地尽，过碛觉天低〔4〕。送子军中饮〔5〕，家书醉里题。

〔1〕这首诗抒写诗人初至遥远的安西任职时的感受和思乡的愁绪。碛西头，指安西一带。参见《初过陇山途中呈宇文判官》注〔9〕。

〔2〕一身，作者自指。从，为，任。从远使，指任职安西节度使府。

〔3〕上句说，故国之月使自己落下了思乡的眼泪；下句通过写马蹄的严重耗损来表现旅途的艰辛。费，《文苑英华》作"损"。

〔4〕寻河，当指寻求（黄）河源，用汉代通西域穷河源的故事。《汉书·张骞传》："汉使穷河源，其山多玉石，采来，天子案古图书，名河所出山曰昆仑云。"上句说西行极远，下句意同"四望云天直下低"（《过碛》）。

〔5〕子，对李判官的敬称。这句点出送别之意。

忆长安曲二章寄庞潍[1]

东望望长安,正值日初出;长安不可见,喜见长安日。长安何处在? 只在马蹄下。明日归长安,为君急走马。

〔1〕似为居安西时所作。诗中表现作者思念长安的感情,完全没有同类作品中惯有的愁绪。

武威春暮闻宇文判官西使还已到晋昌[1]

片云过城头,黄鹂上戍楼[2]。塞花飘客泪,边柳挂乡愁[3]。白发悲明镜,青春换敝裘[4]。君从万里使[5],闻已到瓜州。

〔1〕天宝十载(751)暮春,岑参自安西至武威,这首诗即居武威时所作。诗歌把描写武威春景同抒发个人失志与思乡的哀愁较好地结合起来,情调比较凄凉。武威,唐郡名,即凉州,天宝元年改为武威郡。治所在今甘肃武威县。宇文判官,参见《初过陇山途中呈宇文判官》注〔1〕。宇文判官天宝八载曾随高仙芝入朝;天宝十载正月高仙芝再次入朝,宇文氏大约又随往,故得受命,出使安西。晋昌,唐郡名,即瓜州,治所在今甘肃安西县东。

〔2〕片云,宋刻本、《文苑英华》等作"片雨",《全唐诗》作"岸雨"。戍楼,士卒驻守的城楼。"云过城头"表明雨欲来,故下句有"黄鹂上戍

楼"之语。

〔3〕柳,底本作"树",此从《文苑英华》、《全唐诗》。这两句说,塞花点点飞扬,犹如旅人的眼泪飘洒;边柳条条垂悬,好似思乡的愁绪绵长。两句触景生情,景情融为一体。

〔4〕上句说,镜中照见白发,不觉悲伤;下句说,青春耗尽,唯得敝裘在身。极言自己的潦倒失意。

〔5〕这句说,君任出使远方的使臣。

河西春暮忆秦中[1]

渭北春已老,河西人未归[2]。边城细草出[3],客馆梨花飞。
别后乡梦数,昨来家信稀[4]。凉州三月半,犹未脱寒衣。

〔1〕天宝十载(751)作于武威。诗中抒发了作者滞留武威、思念家乡的心情。河西,指河西节度使驻地——凉州(今甘肃武威)。秦中,犹关中,今陕西省中部地区。

〔2〕渭北,指今陕西渭水以北地区。老,暮。"河西"句,指自己尚滞留凉州,未归秦中。

〔3〕边城,指凉州。

〔4〕数(shuò),频。昨来,自过去以来。家信,家中的音讯。

武威送刘单判官赴安西行营便呈高开府[1]

热海亘铁门,火山赫金方[2]。白草磨天涯,胡沙莽茫茫[3]。

夫子佐戎幕，其锋利如霜[4]。中岁学兵符，不能守文章[5]。功业须及时，立身有行藏[6]。男儿感忠义，万里忘越乡[7]。孟夏边候迟，胡国草木长[8]。马疾过飞鸟，天穷超夕阳[9]。都护新出师[10]，五月发军装。甲兵二百万，错落黄金光[11]。扬旗拂昆仑，伐鼓震蒲昌[12]。太白引官军，天威临大荒[13]。西望云似蛇，戎夷知丧亡[14]。浑驱大宛马，系联楼兰王[15]。曾到交河城，风土断人肠[16]。塞驿远如点，边烽互相望[17]。赤亭多飘风，鼓怒不可当[18]。有时无人行，沙石乱飘扬。夜静天萧条，鬼哭夹道旁。地上多髑髅，皆是古战场。置酒高馆夕，边城月苍苍[19]。军中宰肥牛，堂上罗羽觞[20]。红泪金烛盘，娇歌艳新妆[21]。望君仰青冥，短翮难可翔[22]。苍然西郊道，握手何慨慷[23]。

〔1〕天宝十载（751）夏作于武威。全诗主要有以下两方面内容："送刘单判官"，表达惜别之意，鼓励他到边地建立功业；"呈高开府"，预祝他出师大捷。在叙写中，穿插了一些刻划塞外风光的段落，使诗歌的形象性有所加强。刘单，天宝初登第。《唐才子传·丘为传》："天宝初，刘单榜进士。"又据《旧唐书·高仙芝传》载，天宝六载高仙芝任安西行营节度使时，曾令刘单草告捷书。作者写这首诗的时候，刘单大约为高属下判官。行营，军将出征时驻扎的兵营。安西行营，指安西节度使高仙芝的行营，当时高仙芝出征，行营也没有固定处所。高开府，指高仙芝。开府，开府仪同三司的省称。仪同三司之名始于后汉殇帝，开府仪同三司之称始于魏，意思是得开建府署，仪制同三公（旧以丞相、太尉、御史大夫为三公）。唐代袭用其名，以为文散官一品。史载天宝十载正月，高仙芝加开府仪同三司。

115

〔2〕热海,即伊塞克湖,在今吉尔吉斯共和国境。亘,横。铁门,参见《银山碛西馆》注〔2〕。上句说热海横亘于铁门关。按,热海与铁门关相去颇远,岑参边塞诗中的地名往往用得不严密,此处不必拘泥。火山,见《经火山》注〔1〕。赫,动词,照红的意思。金方,西方。古人把五行(金、木、水、火、土)配于方位(四方及中央)之上,西方属金,故称。这两句从刘单即将去的地方写起。

〔3〕白草,即席萁草,又称芨芨草,为西域所产牧草,生沙土荒滩中,茎秆高大坚韧,密集丛生,干熟时呈白色。磨,摩擦、接触的意思。上句说白草茫茫与天相连。莽茫茫,旷远迷茫的样子。莽,底本作"奔",似误,此从许校本、《全唐诗》。

〔4〕夫子,指刘单。戎幕,军府。佐戎幕,指任军府属官。利如霜,形容兵刃锋利雪白如霜。这句以兵器比人,喻刘单判官才能出众,锋芒锐利。

〔5〕中岁,中年。兵符,指兵书。《史记·五帝本纪》《正义》引《龙鱼河图》:"天遣玄女下,授黄帝兵符。"兵符即兵书。守文章,安守笔墨生活。

〔6〕功业,指建立功业。行藏,语出《论语·述而》:"子谓颜渊曰:'用之则行,舍之则藏。'"这里是立身处世有一定准则的意思。

〔7〕感忠义,为忠义精神所感化。越乡,远离乡土的意思。

〔8〕孟夏,夏季的首月,即阴历四月。边候,边地节候。这两句说,边地的夏季来得迟,但此时胡地的草木也都长高了。

〔9〕超夕阳,即"更在夕阳西"之意,这句说,将走往西方极远之地。

〔10〕都护,参见《初过陇山途中呈宇文判官》注〔8〕。这里指高仙芝。出师,据《通鉴》载,天宝十载四月,诸胡"潜引大食(西域国名,在今伊朗一带)欲共攻四镇(安西四镇)。仙芝闻之,将(率领)蕃、汉三万众击大食。"这次战争,以唐军失败而告终,《新唐书·玄宗纪》:"(天宝十

载）七月，高仙芝及大食战于恒（应为"怚"）罗斯城（今哈萨克斯坦东南部江布尔州），败绩。"

〔11〕甲兵，衣甲兵器。二百万，此次出征，《通鉴》说用兵三万，两《唐书》都说二万，二百万是夸张之词。错落，参互纷杂，形容甲兵之盛。黄金光，《唐诗纪事》作"金光扬"。

〔12〕昆仑，昆仑山。伐鼓，击鼓。蒲昌，蒲昌海，即今新疆罗布泊。这两句形容军势壮盛。

〔13〕太白，即金星。《汉书·天文志》："太白，兵象也。……出则兵出，入则兵入，象太白吉，反之凶。"《史记·天官书》："用兵象太白：太白行疾，疾行；迟，迟行……"太白星引领官军前进，是一种吉兆。又古时以为太白是西方之星，故此句亦兼指官军西征。天威，指皇帝的威严。大荒，指西方极远之地。

〔14〕云似蛇，《初学记》卷一引《兵书》说："有云如丹蛇随星（《太平御览》卷八引作"车"）后，大战杀将。"这是古代一种迷信的占天术。这两句说，望见西边的云彩像蛇一样，就知道戎夷要丧亡了。

〔15〕浑，直，全。大宛，汉代西域国名，辖地在今中亚费尔干纳盆地，其地以产马著称。楼兰，汉代西域国名，在今新疆若羌县东北。汉武帝欲通大宛诸国，楼兰当道，屡次攻劫汉使者，武帝于是发兵击之，俘其王。事见《汉书·西域传》。这两句写官军一定得胜。

〔16〕交河城，参见《初过陇山途中呈宇文判官》注〔8〕。下句说，交河的气候、风俗令人断肠。

〔17〕边烽，边地上报警用的烽火台。

〔18〕赤亭，地名，据《新唐书·地理志》，伊州（今新疆哈密县）纳职县（在哈密县西南）"西经……三百九十里有罗护守捉，又西南经达匪草堆百九十里至赤亭守捉，与伊（州）、西（州）路合。"据《元和郡县志》卷四十载，由纳职县至西州约六百一十里，故知赤亭应在西州附近。飘风，

旋风。鼓怒,动怒,指风。

　　〔19〕边城,指武威。苍苍,形容灰白色。

　　〔20〕羽觞,酒器,即耳杯。两旁有耳似翼,故名。

　　〔21〕红泪,指红烛泪。下句是说,在送别宴会上,服饰艳丽的歌妓歌声清雅可听。

　　〔22〕仰,举。仰青冥,直上青云之意。翮(hé),羽茎,即羽毛上的翎管。下句说自己翅短力弱,不得高飞。

　　〔23〕苍然,指夜色苍茫。慨慷,这里是悲叹之意,就即将离别和短翮不能高翔而发。

武威送刘判官赴碛西行军[1]

火山五月人行少[2],看君马去疾如鸟。都护行营太白西,角声一动胡天晓[3]。

　　〔1〕这是一首送人出征的诗,写作时间同前篇。诗中描写边塞军营的生活,刻划出了出征将士矫健的风貌。武威,底本误作"武军",据宋刻本、明抄本等改。刘判官,可能就是前篇的刘单判官。碛西,岑诗中"碛西"有二义,一指沙碛之西,参见《碛西头送李判官入京》注〔1〕;一指安西,《唐会要》卷七十八:"(开元)十二年(724)以后,或称碛西节度,或称(安西)四镇节度,至二十一年十二月,王斛斯除安西四镇节度使,遂为完额。"此后"碛西节度"虽不是正式名称,但其名亦不曾废止,如《通鉴》开元二十七年就有"碛西节度使盖嘉运擒突骑施可汗吐火仙"之语,天宝十二载又有"北庭都护程千里追阿布思至碛西"的记载。这里的"碛西"是后一义。行军,出行(征)之军,与"行营"义近,岑诗《凤翔府

行军送程使君赴成州》、《行军二首》及本诗第三句,皆可证。诗题《古今诗删》作"送刘判官赴碛西"。

〔2〕火山,见《经火山》注〔1〕。人行,许校本,《全唐诗》作"行人"。

〔3〕都护行营,指安西节度使高仙芝的行营,参见前篇注〔1〕及注〔10〕。太白,金星。古时以为太白是西方之星,也是西方之神,《淮南子·天文训》:"何谓五星,东方木也……西方金也,其帝少昊,其佐蓐收,执矩而治秋,其神为太白。"太白西,是说行营在西方极远之地。角,军中乐器,吹奏以报时间,其作用略相当于今天的军号。下句写行营的生活,说黎明即响起报时的角声。

送李副使赴碛西官军〔1〕

火山六月应更热,赤亭道口行人绝〔2〕。知君惯度祁连城,岂能愁见轮台月〔3〕。脱鞍暂入酒家垆〔4〕,送君万里西击胡。功名祇向马上取,真是英雄一丈夫!

〔1〕天宝十载(751)六月作于武威。诗中赞颂李副使不畏酷暑、不恋故乡、万里西征的豪迈精神,但也流露了一些羡慕功名富贵的思想。副使,官名,唐制,在节度使下设副使一人,掌协助节度使处理军中事务。碛西,参见前篇注〔1〕。西,底本作"石",据许校本、铜活字本等改。

〔2〕赤亭,参见《武威送刘单判官……》注〔18〕。

〔3〕祁连城,十六国时前凉置,在今甘肃张掖市西南。轮台,唐庭州有轮台县,这里应指古轮台(汉轮台,在今新疆轮台县南),因李副使赴碛西行营(当时高仙芝的行营当在安西之西、怛罗斯之东)宜经过古轮

台,而不经过唐轮台。这两句说,知你惯于出入边地,岂能怕见到轮台的月亮惹起乡思?

〔4〕鞍,《全唐诗》注:"一作衣。"垆,酒店里安放酒瓮的土台子。酒家垆,即酒店。

与高适薛据同登慈恩寺浮图[1]

塔势如涌出,孤高耸天宫[2]。登临出世界,磴道盘虚空[3]。
突兀压神州,峥嵘如鬼工[4]。四角碍白日,七层摩苍穹[5]。
下窥指高鸟,俯听闻惊风[6]。连山若波涛,奔凑似朝东[7]。
青槐夹驰道,宫馆何玲珑[8]。秋色从西来,苍然满关中[9]。
五陵北原上,万古青濛濛[10]。净理了可悟,胜因夙所宗[11]。誓将挂冠去,觉道资无穷[12]。

〔1〕作于天宝十一载(751)秋,当时作者在长安。本诗描写慈恩寺塔的高峻和登塔时所看到的景象,虽结尾有归隐奉佛的说教,仍不失为一篇较出色的写景之作。薛据,参见高适《淇上酬薛三据兼寄郭少府微》注〔1〕。慈恩寺,当时京都长安的名胜,在今西安市南郊。本隋无漏寺故址,唐太宗贞观二十二年(648)太子李治为追荐死去的母亲文德皇后而建,故名。寺西院有塔,名大雁塔,系永徽三年(653)玄奘所建。塔本五层,武则天时重修,增高为十层,后经兵火,只存七层。浮图,即塔。诗题《全唐诗》无"同"字,底本"寺"下无"浮图"二字,据《全唐诗》补。当时同时登塔的,除高适、薛据外,还有杜甫和储光羲,杜甫《同诸公登慈恩寺塔》诗题下注:"时高适、薛据先有此作。"可知岑参此诗,也是奉和

高、薛之作,高诗今存,可参看。

〔2〕涌出,形容突地而起。《妙法莲华经·见宝塔品第十一》:"尔时佛前有七宝塔,高五百由旬,纵广二百五十由旬,从地涌出。"耸天宫,直立于天宫,形容塔之高。

〔3〕世界,本佛家语,世指时间,界指空间,世界等于说宇宙。磴,石级。盘,曲。这是说塔梯成螺旋形,盘曲于虚空之中。

〔4〕压,镇。神州,战国时邹衍称中国为赤县神州(见《史记·孟子荀卿列传》),后世遂以神州为中国的美称。峥嵘,高峻的样子。如鬼工,谓工程神奇,若出自鬼神之力。

〔5〕苍穹(qióng),苍天。

〔6〕惊风,疾风。以上从各个不同的角度来描写塔势的高峻。先写从下面仰望,后写登临中的感觉,再写登上塔顶后所看到的景象。

〔7〕"连山"句,木华《海赋》:"波若连山。"这两句说群山起伏,如波涛奔涌,东流入海。

〔8〕驰道,即可驰御辇的大道。玲珑,明丽的样子。

〔9〕苍然,形容秋色苍茫的样子。关中,即今陕西省中部地区。

〔10〕五陵,汉高祖葬长陵,惠帝葬安陵,景帝葬阳陵,武帝葬茂陵,昭帝葬平陵,都在渭水北岸今咸阳市附近,合称五陵。濛濛,微雨的样子,这里指迷茫的样子。

〔11〕净理,佛家的清净之理。佛家以远离一切恶行、心不受尘俗垢染为清净。了可悟,即可了悟。了悟,彻悟佛家真谛的意思。胜因,佛家语。佛家认为物生有因,善因得善果,恶因得恶果,胜因是一种殊妙的善因。夙(sù),早。宗,尊崇,信仰;底本注:"一作崇。"

〔12〕挂冠,弃官归隐的意思。《后汉书·逸民传》:"逢萌,字子庆……王莽杀其子宇,萌谓友人曰:'三纲绝矣,不去祸将及人。'即解冠挂东都城门,归将家属浮海,客于辽东。"觉道,佛家语,谓寂灭无相的

"大觉之道"。资，藉。这句说，要以佛理为永远凭藉，即以佛教为归宿的意思。当时作者自安西归京不久，因仕宦不得意，于是滋生了消极出世的思想。无，底本作"与"，据明抄本等改。这句下底本注："一作学道兹无穷。"

送祁乐归河东[1]

祁乐后来秀[2]，挺身出河东。往年诣骊山，献赋温泉宫[3]。天子不召见，挥鞭遂从戎[4]。前月还长安，囊中金已空。有时忽乘兴，画出江上峰。床头苍梧云，帘下天台松[5]。忽如高堂上，飒飒生清风[6]。五月火云屯[7]，气烧天地红。鸟且不敢飞，子行如转蓬[8]。少华与首阳，隔河势争雄[9]。新月河上出，清光满关中。置酒灞亭别，高歌披心胸[10]。君到故山时，为谢五老翁[11]。

〔1〕这是一首送画家祁乐还乡的诗，约作于天宝十一、二载间（752—753）。诗中表现了祁的失志以及作者与祁的友谊。祁乐，即画家祁岳，杜甫《奉先刘少府新画山水障歌》："岂但祁岳与郑虔，笔迹远过杨契丹。"唐朱景玄《唐朝名画录》载"空有其名，不见踪述"的画家二十五人，其中即有祁岳。河东，即蒲州，天宝元年（742）更名河东郡，乾元三年（760）改为河中府，治所在今山西永济市西蒲州镇。明抄本作"河南"，当误。

〔2〕后来秀，等于说后起之秀。《晋书·王忱传》："范宁谓曰：'卿风流隽望，真后来之秀'。"

〔3〕诣,到。骊山,在今陕西省临潼东南,山麓有温泉。献赋,汉代赋家多因向皇帝献赋而得官,唐代向皇帝进献文章也是文人求仕的一种途径。温泉宫,唐别宫名。《元和郡县志》卷一:"华清宫在骊山上,开元十一年初置温泉宫,天宝六年改为华清宫。"温,底本注:"一作甘。"

〔4〕从戎,从军。

〔5〕苍梧,山名,又称九疑,在今湖南宁远县南,相传舜死后葬于此。据载苍梧多云,《太平御览》卷四十一引盛弘之《荆州记》曰:"九疑山……含霞卷雾,分天隔日。"天台,山名,在今浙江天台北。孙绰《游天台山赋》:"荫落落之长松。"这两句说祁乐善画,床头画云,帘下描松。

〔6〕这两句说,祁乐的画逼真传神,使人观后如身临其境,感到高堂之上清风飒飒。生清风,底本注:"一作升江风。"宋本注:"一作闻江风。"

〔7〕火云,夏日的红云。

〔8〕转蓬,蓬草随风转徙,故云。这句指祁乐归河东。

〔9〕少华,山名,在陕西华阴县东南。首阳,即雷首山,在山西永济市南。河,黄河。

〔10〕灞亭,即灞陵亭,李白《灞陵行送别诗》:"送君灞陵亭,灞水流浩浩。"灞陵在今西安市东,唐时京都人送别多至此。披,打开,表露。

〔11〕故山,指祁乐曾经隐居的地方。五老翁,指传说在五老山上升天的五位老人。《元和郡县志》卷十四河中府(即河东郡)永乐县(今山西芮城县西南永乐镇):"五老山在县东北十三里,尧升首山观河渚,有五老人飞为流星上入昴,因号其山为五老山。"这句宋刻本作"为君谢老翁",底本作"为吾谢老翁",疑后人不解"五老翁"之意而误改。今据李校本、铜活字本等校正。这两句说,你归河东时,请到五老山上代向五老翁致意。

终南双峰草堂作[1]

敛迹归山田,息心谢时辈[2]。昼还草堂卧,但与双峰对[3]。
兴来恣佳游,事惬符胜概[4]。著书高窗下,日夕见城内[5]。
曩为世人误,遂负平生爱[6]。久与林壑辞,及来杉松大[7]。
偶兹精庐近,数预名僧会[8]。有时逐樵渔,尽日不冠带[9]。
崖口上新月,石门破苍霭[10]。色向群木深,光摇一潭
碎[11]。缅怀郑生谷,颇忆严子濑[12]。胜事犹可追,斯人邈
千载[13]!

〔1〕天宝十载(751)岑参自边地返京后,僻居终南山,渡过了二、三
年半官半隐的生活,诗即作于此时。诗里先写遨游于山水之间,与寺僧、
渔人、樵夫相过从的乐趣,接写草堂附近的幽美景色,最后表达自己想归
隐的愿望。终南山主峰在今西安市东南,唐时士人多隐居于此。双峰,
玩诗意,或指和草堂相对的两个邻近的山峰。诗题各本多作《终南双峰
草堂》,底本作《终南两峰草堂》,《全唐诗》作《终南山双峰草堂作》。今
从《河岳英灵集》。

〔2〕息心,安心,指消除功名之想。谢,辞别。

〔3〕这两句写高卧草堂的闲逸之情。与,底本、铜活字本作"见",
今从《河岳英灵集》。

〔4〕兴,兴会、兴致。恣,尽情,放任不拘。符,符合。胜概,即胜景、
佳妙之景。这两句说乘兴尽情游赏,事事惬意,心境和佳景相谐合。

〔5〕日夕,日夜,早晚。城,指长安。这两句说著书窗下,抬头即可

饱览长安城内景色。

〔6〕曩(nǎng)，从前。这两句说以往受世人影响而误入仕途，以致违背平生山林之好。

〔7〕壑(hè)，山沟。林壑，泛指山林隐逸之地。"杉松大"承上句"久辞"而言。

〔8〕偶兹，遇此。精庐，指佛舍、佛寺。预，参与。精庐近，《河岳英灵集》《全唐诗》作"近精庐"。数预，《全唐诗》作"屡得"。

〔9〕逐，从。樵渔，砍柴打鱼者。上句说有时兴头一来，便跟随樵夫、渔人，与他们共进出。冠带，戴帽束带。这两句描写隐居生活的放浪自在，不受拘束。

〔10〕崖，指石鳖崖(谷)，即太乙谷，终南山地名，位于高冠谷之东。《陕西通志》卷九："石鳖谷在(咸宁)县西南五十五里，谷口大石如鳖，咸(宁)、长(安)以此分界，内有景阳川、梅花洞、九女潭、仙人迹。"石门，指终南山中的石门谷。《陕西通志》卷九："石门谷在(蓝田)县西南四十里，即唐昭宗所幸处。"又岑参《太一石鳖崖口潭归庐招王学士》有"石门吞众流"句，可证。这两句说，夜晚石鳖崖上升起一轮新月，石门谷劈开苍茫的云雾挺立着。破，底本注："一作敛。"

〔11〕色，指月色。向，照向。潭，疑指九女潭。这两句说在朦胧的月光下，树林显得更深更密，水潭里荡漾着细碎的波纹。二景一明一暗，互相映照。

〔12〕郑生，郑朴，西汉人。《三辅决录》："郑朴字子真，谷口人也。修道静默，世服其清高。成帝时元舅大将军王凤以礼聘之，遂不屈。扬雄盛称其德曰：'谷口郑子真，耕于岩石之下，名振京师。'"严子濑，严子陵垂钓处，参见《宿关西客舍寄东山严许二山人》注〔4〕。

〔13〕胜事，佳妙之事，指郑、严的归隐。斯人，指郑子真、严子陵等隐士。邈(miǎo)，远。这两句说郑、严等人的隐居胜事尚可追随，只可惜

他们离开现在已经太远!

春梦[1]

洞房昨夜春风起,遥忆美人湘江水[2]。枕上片时春梦中,行尽江南数千里[3]。

〔1〕此诗写作年代不详,因载《河岳英灵集》,当系天宝十二载(753)以前所作。诗中寥寥四句,描画了梦思萦回的意境,表达了作者对友人的深切思念之情。《文苑英华》题作"春夜所思"。

〔2〕洞房,深邃的房屋。美人,指所思念的故人。湘江水,湘水源出广西兴安县海阳山,东北流注入洞庭湖。房,许校本、《唐诗所》作"庭",作"庭"与诗意不合,疑涉下句"湘江水"而误。遥忆美人,明抄本、《全唐诗》作"故人尚隔";《河岳英灵集》、《文苑英华》等同底本。宋范成大《湘阴桥口市别游子明》诗中有"遥忆美人湘水梦,侧身西望剑门诗"之句,即脱胎于本诗,由此可证"故人尚隔"当系后人所改。

〔3〕这两句是说因思念故人而成梦,片刻的梦境,已行遍江南数千里之地(当时故人在江南,所以作者这样写)。

送人赴安西[1]

上马带胡钩,翩翩度陇头[2]。小来思报国,不是爱封侯[3]。万里乡为梦,三边月作愁[4]。早须清黠虏,无事莫经秋[5]。

〔1〕这是一首送别诗,天宝十三载(754)赴北庭之前作于长安。诗中鼓励被送者赴塞外为国安边。这首诗底本不载,此据《全唐诗》。

〔2〕钩,一种"似剑而曲"的兵器。胡钩,疑为吴钩之音误。据《吴越春秋》卷二载,吴王阖闾得干将、莫邪二剑后,"复命于国中作金钩,令曰:能为善钩者赏之百金。吴作钩者甚众。"此后遂相沿以吴钩称名贵的兵器。翩翩,形容走马轻疾如飞的样子。陇头,陇山头,参见《初过陇山途中呈宇文判官》注〔1〕。

〔3〕小未,少时。封侯,参见《初过陇山途中呈宇文判官》注〔6〕。

〔4〕三边,北、西、南三处边境,亦用为边地的通称。这两句说在万里之外的边地,常梦见家乡,每因月而引起愁思。

〔5〕黠虏,狡黠的敌人。经秋,等于说经年。下句是说无事应早回还。

赴北庭度陇思家〔1〕

西向轮台万里余,也知乡信日应疏〔2〕;陇山鹦鹉能言语,为报家人数寄书〔3〕。

〔1〕岑参天宝十三载(754)赴北庭,为安西、北庭节度使封常清僚属,此诗即赴北庭途中所作。诗里抒发了作者思念家人的真挚感情。北庭,即北庭节度使驻地——庭州,在今新疆吉木萨尔北破城子。陇,即陇山。此诗又见《全唐诗》卷二十七"杂曲歌辞",题作"簇拍陆州",无作者姓名。亦两见《唐人万首绝句》卷十八及卷五十八中,卷五十八题作"捉

拍睦州"，也无作者姓名。各处文字略有异同。

〔2〕轮台，唐代庭州有轮台县（不同于汉轮台），治所在今新疆米东区境。岑参诗中，常将轮台与北庭同用，此诗即其一例。再如《北庭贻宗学士道别》："忽来轮台下，相见披心胸。"《发临洮将赴北庭留别》："闻说轮台路，连年见雪飞。"《临洮泛舟赵仙舟自北庭罢使还京》："白发轮台使，边功竟不成。"乡信，故乡的信使。疏，稀少。

〔3〕陇山鹦鹉，陇山多鹦鹉。后汉祢衡《鹦鹉赋》："命虞人于陇坻（即陇山），诏伯益于流沙。跨昆仑而播弋，冠云霓而张罗。"《元和郡县志》卷三十九亦称陇山"上多鹦鹉"。诗人理性上"也知乡信日应疏"，感情上却希望"家人数寄书"，这两句即表现了这种矛盾心情。

发临洮将赴北庭留别　得飞字〔1〕

闻说轮台路〔2〕，连年见雪飞。春风不曾到，汉使亦应稀。白草通疏勒，青山过武威〔3〕。勤王敢道远〔4〕，私向梦中归。

〔1〕天宝十三载（754）赴北庭途中作。诗里抒写了作者将赴北庭时的矛盾心情：一方面自己有尽力王事、为国从军的愿望，另方面塞外的遥远、荒凉和寒冷，又不能不使自己的思想产生疑虑。临洮，唐郡名，治所在今甘肃临潭县西。得飞字，古人相约赋诗，规定一些字为韵，各人分拈韵字，依韵而赋，得飞字即拈得飞字韵。

〔2〕轮台，见《赴北庭度陇思家》注〔2〕。

〔3〕白草，见《武威送刘单判官……》注〔3〕。疏勒，《通鉴》卷四十五："耿恭以疏勒城傍有涧水可固，引兵据之。"胡三省注："此疏勒城在车师后部，非疏勒国城也。"车师后部即汉车师后国，治唐庭州故城。据

此,知疏勒当在唐轮台之东、庭州治所附近。这两句写作者自临洮赴轮台途中所经之地及其风物。

〔4〕勤王,尽力王事。敢,岂敢。

凉州馆中与诸判官夜集〔1〕

弯弯月出挂城头〔2〕,城头月出照凉州。凉州七里十万家〔3〕,胡人半解弹琵琶。琵琶一曲肠堪断,风萧萧兮夜漫漫。河西幕中多故人,故人别来三五春〔4〕。花门楼前见秋草〔5〕,岂能贫贱相看老! 一生大笑能几回〔6〕,斗酒相逢须醉倒。

〔1〕天宝十三载赴北庭途经武威时所作。诗中描写作者与友人在凉州客舍夜宴的情景。其中有别后重逢的欢乐,也有时光倏逝、功名未就的身世感叹。凉州,即武威郡;底本作“梁州”,系音误,今据《全唐诗》校正。诗中同。馆,客舍。

〔2〕出,底本注:“一作子。”

〔3〕七里,《元和郡县志》卷四十:“(凉)州城本匈奴新筑,汉置为县,城不方,有头、尾、两翅,名为鸟城,南北七里,东西三里。”里,《全唐诗》注:“一作城。”《通鉴》卷二一九:“武威大城之中,小城有七。”则作“七城”亦通。

〔4〕河西,见《河西春暮忆秦中》注〔1〕。幕,指幕府。“故人”句,岑参天宝十载曾短期居留武威,故有此语。

〔5〕花门楼,当为凉州客舍之名,岑参《戏问花门酒家翁》(诗题下

自注:"在凉州。")说:"老人七十仍沽酒,千壶百瓮花门口。"花门口,即花门楼口的意思;底本作"花楼门",疑误,此从《全唐诗》。

〔6〕生,底本注:"一作年。"

轮台歌奉送封大夫出师西征[1]

轮台城头夜吹角,轮台城北旄头落[2]。羽书昨夜过渠黎,单于已在金山西[3]。戍楼西望烟尘黑[4],汉兵屯在轮台北。上将拥旄西出征,平明吹笛大军行[5]。四边伐鼓雪海涌,三军大呼阴山动[6]。虏塞兵气连云屯[7],战场白骨缠草根。剑河风急雪片阔,沙口石冻马蹄脱[8]。亚相勤王甘苦辛,誓将报主静边尘[9]。古来青史谁不见,今见功名胜古人[10]。

〔1〕天宝十三(754)或十四载九月作于轮台。诗里热烈地歌颂了唐军出征时军容的壮盛和士气的高涨。轮台,见《赴北庭度陇思家》注〔2〕。据此诗,北庭瀚海军似驻轮台。封大夫,即封常清,天宝十一载(752)任安西四镇节度使,十三载春入朝,加御史大夫,同年三月,兼北庭节度使。大夫,即指御史大夫,是御史台的最高长官。这首诗和《走马川行奉送出师西征》所说的"西征"无考,闻一多《岑嘉州系年考证》认为指征播仙,按此事史书中也无记载,但与岑参《献封大夫破播仙凯歌六章》比较,则知非指一事:一、《轮台歌》、《走马川行》二诗与岑参《北庭西郊候封大夫受降回军献上》同述一事(试把三诗作一番比较便可得知),前者作于出征时,后者作于回师时。据"回军献上"诗,知此次"西征"未曾接战,受降而还,这就与"凯歌六章"所描写的战况不合。二、播仙

（《新唐书·地理志》：“播仙镇，故且末城也。”故地在今新疆且末县附近）在轮台之南，同本诗“戍楼西望烟尘黑”等语不合。三、“轮台歌”二诗所用地名与“凯歌六章”无一相合。

〔2〕旄头，星名，二十八宿之一。《史记·天官书》：“昴曰旄头，胡星也。”昴头是胡人的象征。旄头落，指胡兵将要覆灭。这两句写战争的征兆。

〔3〕羽书，军用紧急文书。渠黎，即渠犁，汉西域诸国之一，在今新疆轮台县东南。单于（chán yú），汉时匈奴称其君主为单于，这里借指唐西域少数民族首领。金山，即金岭。又作金娑岭、金娑山，即今新疆北部之博格达山。

〔4〕烟尘，烽烟和尘土。烟尘黑，指胡兵来犯。

〔5〕上将，指封常清。拥，持。旄，即旄节，古代使臣所持信物，形如幡旗，上以旄（牦牛尾，后改用羽毛）为饰。唐制，节度使皆赐节，出行时使开路者双持于马上，所谓“双节夹路驰”（岑参《北庭西郊候封大夫受降回军献上》）。平明，天刚亮。

〔6〕伐鼓，击鼓。雪海，《新唐书·西域传》：“出安西西北千里所（通“许”）得勃达岭（凌山）……北三日行，度雪海，春夏常雨雪。”《新唐书·地理志》：“又……三十里度真珠河（今纳伦河），又西北度乏驿岭，五十里度雪海，又三十里至碎卜戍，傍碎卜水五十里至热海（今吉尔吉斯共和国之伊塞克湖）。则雪海距伊塞克湖不到百里。《西突厥史料》谓应指乏驿岭上诸小湖。又，雪海也可能泛指轮台附近准噶尔盆地的浩瀚雪原。上句说鼓声震地，使雪海为之腾涌。阴山，当在新疆。据《新唐书·地理志》，唐北庭都护府下辖有阴山州都督府，唐高宗显庆三年（658）以西突厥葛逻禄谋落部（葛逻禄三部之一）置。《西突厥史料》谓其地在今新疆北部额尔齐斯河南岸、乌伦古湖以西。阴山州疑因地近阴山而得名。又，元人有称天山为阴山者，如李志常《长春真人西游记》

云："此阴山，前三百里，和州（即火州，今吐鲁番）也。其地大热，萄葡至多。"耶律楚材《过阴山和人韵》："阴山千里横东西。"参以岑诗"异域阴山外，孤城雪海边"（《首秋轮台》）、"侧闻阴山胡儿语，西头热海水如煮"（《热海行》）之句，这里的阴山也很可能即指天山。这两句形容军威的壮盛。

〔7〕虏塞，敌塞。兵气，等于说战争气氛。连云屯，形容"兵气"弥漫，上与云彩聚合一起。

〔8〕剑河，水名。据《新唐书·回鹘传》，黠戛斯（结骨）境内有剑河，在北庭之北，今西伯利亚南部叶尼塞河上游乌鲁克穆河。剑河离北庭极远，此处非实指。雪，底本作"云"，据《唐诗纪事》《全唐诗》改。沙口，未详。沙，《全唐诗》注："一作河。"河或指剑河。这两句写天气的严寒。

〔9〕亚相，御史大夫的别称。汉御史大夫为三公（丞相、太尉、御史大夫）之一，位仅次于丞相，故称。这里指封常清。勤王，尽力王事。报主，报效君主。静边尘，平息边患。

〔10〕青史，史册。古代用竹简记事，后因称史册为青史。这两句说，谁都看到自古以来史册上记载了不少建功立业的人，而封大夫的功勋超过了古人。

走马川行奉送出师西征〔1〕

君不见走马川行雪海边，平沙莽莽黄入天〔2〕！轮台九月风夜吼，一川碎石大如斗〔3〕，随风满地石乱走。匈奴草黄马正肥，金山西见烟尘飞，汉家大将西出师〔4〕。将军金甲夜不脱,半夜军行戈相拨,风头如刀面如割。马毛带雪汗气蒸,五花连钱旋作冰,幕中草檄砚水凝[5]。虏骑闻之应胆慑,料知短兵不敢接,车师西门伫献捷[6]。

〔1〕天宝十三(754)或十四载九月作于轮台。这首诗格调高昂,气势雄壮,表现了边防将士艰苦而豪迈的战斗生活;并以边塞奇壮风光的描绘,有力地衬托了他们的英雄气概。走马川,未详,据诗中所言,其地应在轮台附近。柴剑虹《岑参边塞诗地名考辨》(《学林漫录》七集)谓即轮台以西的著名水道玛纳斯河,清徐松《西域水道记》称此河"冬则尽涸",故诗中有"一川碎石"之语。征,《全唐诗》注:"一作行。"

〔2〕行,疑涉诗题"行"字而衍。雪海,参见"轮台歌"注〔6〕。首句,《唐诗纪事》作"君不见走马沧海边"。莽莽,茫无边际的样子。

〔3〕碎,底本注:"一作破。"

〔4〕匈奴,借指当时西域的少数民族。西域产马,作战多用骑兵,"草黄马正肥",正是发动战争的好时机。烟尘飞,参见前诗注〔4〕。汉家大将,指封常清。

〔5〕五花,即五花马。把马鬣剪成花瓣样式,以为装饰,剪成三瓣的叫三花马,剪成五瓣的称五花马。连钱,马名。其毛色斑驳,浅深不一,纹络呈鱼鳞状。旋,立刻。旋作冰,指沾在马毛上的雪,受到马身上汗气的熏蒸而融化,但立刻又结成冰块。草檄,起草声讨敌人的文书。以上数句写征战生活的艰苦而气魄豪放。

〔6〕慑,恐惧,胆怯。短兵,指刀、剑一类兵器,对弓箭一类长兵而言。车师,指汉车师后国的旧地庭州。伫,期待。末两句是说,料定敌人不敢面对面地冲杀肉搏,预祝封常清凯旋而归,将在庭州西门等待胜利后献所得战利品。

北庭贻宗学士道别〔1〕

万事不可料,叹君在军中。读书破万卷,何事来从戎〔2〕?曾逐李轻车,西征出太蒙〔3〕。荷戈月窟外,擐甲昆仑东〔4〕。两度皆破胡〔5〕,朝廷轻战功。十年只一命,万里如飘蓬〔6〕。容鬓老胡尘,衣裘脆边风〔7〕。忽来轮台下,相见披心胸〔8〕。饮酒对春草,弹棋闻夜钟〔9〕。今且还龟兹,臂上悬角弓〔10〕。平沙向旅馆,匹马随飞鸿〔11〕。孤城倚大碛,海气迎边空〔12〕。四月犹自寒,天山雪濛濛〔13〕。君有贤主将〔14〕,何谓泣途穷?时来整六翮,一举凌苍穹〔15〕。

〔1〕天宝十四载(755)四月作于北庭。诗中描述宗学士的文才,以及他从军后的遭遇,对其失志表示同情和不平,最后鼓励他等待时机,施展自己的才干。贻,赠。学士,官名,唐集贤殿、学士院、弘文馆、崇文馆皆置学士。宗氏从军前大概曾任学士的职务。

〔2〕"读书"句,杜甫《奉赠韦左丞丈二十二韵》:"读书破万卷,下笔如有神。"杜诗作于天宝七载,在岑此诗前。破,过,尽。杜甫《绝句漫兴九首》其四:"二月已破三月来,渐老逢春能几回?"可证。一说,指熟读而书卷磨破。此句形容读书之多。从戎,从军。

〔3〕李轻车,汉李广从弟李蔡为轻车将军,击匈奴右贤王有功,封乐安侯。事见《汉书·李广传》。鲍照《代东武吟》:"始随张校尉,占募到河源;后逐李轻车,追虏穷塞垣。"鲍诗是借指,岑诗也一样。太蒙,相传是日入之地。《尔雅·释地》:"西至日所入为太蒙。"出太蒙,形容到

过西方极远之地。

〔4〕月窟,同月峟,月亮所生之地,这里指极西方。《汉书·扬雄传》:"西厌月峟。"颜师古注引服虔曰:"峟,音窟穴之窟,月峟,月所生也。"摜(huàn),贯。摜甲,披甲。这两句说宗学士曾转战东西。

〔5〕两度,未详确指。

〔6〕一命,周代官秩等级的最低一等。这里指宗学士仍居卑职,未曾升迁。下句说,宗像飘蓬一样流寓在万里之外的边地上。

〔7〕上句有两层意思,一指胡地的尘沙使宗容颜变老、鬓发发白。又"胡尘"亦指胡兵进犯时扬起的尘土,岑诗"胡尘暗河洛"(《虢州郡斋南池幽兴因与阎二侍御道别》)、"胡尘暗东洛"(《虢州酬陕西甄判官见赠》)句可证。"老胡尘"指在讨敌的征战中变老。下句说,边风凛冽强劲,使衣裳也变脆了。

〔8〕轮台,参见《赴北庭度陇思家》注〔2〕。披,打开,表露。

〔9〕弹棋,古代两人对局的一种博戏,其法已不可详考。

〔10〕龟(qiū)兹,见《初过陇山途中呈宇文判官》注〔7〕。角弓,饰以兽角的弓。

〔11〕旅馆,古时官府设置用来接待过客的处所。上句说在一望无际的沙漠中向旅馆走去;下句说匹马独行,飞鸿作伴,极为孤单。

〔12〕大碛,大戈壁。海气,指海市蜃楼,虞世南《赋得吴都》:"江涛如素盖,海气似朱楼。"海市蜃楼常出现于海上及沙漠中,是因光线折射而产生的一种自然现象。下句说海市蜃楼迎空而现。

〔13〕濛濛,这里形容下雪时一片迷茫的情状。

〔14〕贤主将,指安西、北庭节度使封常清。

〔15〕六翮(hé),翮,羽茎,即羽毛上的翎管。古多以"六翮"指善飞之鸟的劲羽。如《韩诗外传》卷六:"夫鸿鹄一举千里,所恃者六翮耳。"《古诗十九首·明月皎夜光》:"高举振六翮。"苍穹(qióng),苍天。这两

句是说，当时机到来时，宗的才干定能得到发挥。

登北庭北楼呈幕中诸公[1]

尝读《西域传》，汉家得轮台[2]。古塞千年空，阴山独崔嵬[3]。二庭近西海[4]，六月秋风来。日暮上北楼，杀气凝不开[5]。大荒无鸟飞，但见白龙堆[6]。旧国眇天末，归心日悠哉[7]。上将新破胡，西郊绝烟埃[8]。边城寂无事，抚剑空徘徊[9]。幸得趋幕中，托身厕群才[10]。早知安边计，未尽平生怀[11]。

〔1〕这首诗作于天宝十四载（755）六月。诗中描写作者登上北庭北楼后所看到的塞外荒凉景象，抒发了诗人当时思念故乡的心情，最后慨叹自己到边地后，未能充分施展平生抱负。幕，幕府。

〔2〕"尝读"二句，《西域传》，指《汉书·西域传》。据《汉书·李广利传》载，武帝遣李广利攻大宛（汉西域国名），军过轮台（汉西域国名，在今新疆轮台东南），破之。又据《汉书·西域传》载，李广利破大宛后，"西域震惧"，多遣使入贡，汉于是在轮台等地置卒屯田，"以给使外国者"，昭帝时又曾遣屯田卒至轮台。

〔3〕古塞，指古轮台。阴山，参见《轮台歌》注〔6〕。崔嵬，高峻的样子。这两句是说人事已非，江山未改。

〔4〕二庭，据《通鉴》载，唐太宗贞观十三年（639），西突厥分裂为二，一为乙毗咄陆可汗建庭镞曷山西，谓之北庭；一为乙毗沙钵罗叶护可汗建庭虽合水北，称为南庭。《新唐书·突厥传》："由焉耆（今新疆焉耆

136

附近）西北七日行得南廷,北八日行得北廷。"北庭故地说法不一,或谓即可汗浮图城(今新疆吉木萨尔县,唐庭州治所即在县治北);南庭在今新疆开都河上游之大裕勒都斯河谷。二庭故地在唐玄宗开元、天宝时属安西、北庭节度使辖领。西海,有二义,一泛指西方;一称西方极远处的海,如今里海、咸海、地中海、波斯湾、印度洋、新疆博斯腾湖等,古籍中都被称为西海。此处未详确指。

〔5〕杀气,秋日萧瑟之气。《礼记·月令》:"仲秋之月……杀气浸盛,阳气日衰。"凝不开,谓杀气弥漫。

〔6〕大荒,荒远之地,这里指西域。白龙堆,即白龙堆,也称龙堆,即今新疆南部库穆塔格沙漠。其地沙岗起伏,形如卧龙,故云。这里泛指沙漠。

〔7〕旧国,指故乡。眇天末,远在天边。归心,思归之心。悠哉,形容思虑深长的状语。

〔8〕上将,指封常清。新破胡,未详确指。烟埃,同烟尘,指胡兵来犯。

〔9〕抚剑,按剑。空,独,自。

〔10〕厕群才,忝列群才之中。

〔11〕尽,竭尽,穷尽。这两句说,早知道安边的计谋,但没有机会为国立功,充分施展平生抱负。

白雪歌送武判官归京〔1〕

北风卷地白草折〔2〕,胡天八月即飞雪。忽如一夜春风来,千树万树梨花开〔3〕。散入珠帘湿罗幕,狐裘不暖锦衾薄〔4〕。

将军角弓不得控,都护铁衣冷难着[5]。瀚海阑干百丈冰[6],愁云惨淡万里凝。中军置酒饮归客,胡琴琵琶与羌笛[7]。纷纷暮雪下辕门,风掣红旗冻不翻[8]。轮台东门送君去,去时雪满天山路[9]。山回路转不见君,雪上空留马行处[10]。

〔1〕约作于天宝十四载(755),当时作者在轮台。这首诗写在雪中送人归京。开头写塞外的壮丽雪景,语句中倾注了作者热爱边疆的深厚感情;接着写雪后的奇寒,挥洒之中有细描;下面写置酒送归,以描绘鼓乐齐奏的场面,烘托出了宴会上的热烈气氛;结尾数句写惜别之情,馀味无穷。

〔2〕白草,见《武威送刘单判官……》注〔3〕。白草折,形容风极猛烈。

〔3〕如,《唐诗纪事》、《全唐诗》作“然”。“千树”句,梁萧子显《燕歌行》:“洛阳梨花落如雪,河边细草细如茵。”

〔4〕衾(qīn),被子。

〔5〕角弓,饰以兽角的弓。控,拉弓。都护,参见《初过陇山途中呈宇文判官》注〔8〕。这两句说,将军手冻得无法拉弓,都护的铠甲冰冷得难以着身。

〔6〕瀚海,即沙漠。这里当指轮台附近的准噶尔盆地沙漠。阑干,纵横。百丈,底本作“百尺”,据李校本、《全唐诗》等改。

〔7〕中军,这里指主帅所居营帐。胡琴,泛指西域之琴,不是现在的胡琴。这两句写送别宴会上,鼓乐齐奏。

〔8〕辕门,古代行军住宿时,围车成营,以车辕相向为门,名辕门,后亦称一般军营之门、官署外门为辕门。掣(chè),牵曳,拉。翻,飘动。隋

138

虞世基《出塞二首》"霜旗冻不翻"句,为此诗所本。

〔9〕由轮台归京须越过天山,故云。

〔10〕空,只。

天山雪歌送萧治归京[1]

天山雪云常不开,千峰万岭雪崔嵬[2]。北风夜卷赤亭口[3],一夜天山雪更厚。能兼汉月照银山,复逐胡风过铁关[4]。交河城边鸟飞绝[5],轮台路上马蹄滑。晻霭寒氛万里凝[6],阑干阴崖千丈冰。将军狐裘卧不暖,都护宝刀冻欲断。正是天山雪下时,送君走马归京师。雪中何以赠君别,惟有青青松树枝[7]。

〔1〕居北庭时作。这首诗也写在雪中送人归京。其中写天山雪景及雪后之寒的一些句子,想象丰富而奇特。萧治,《唐诗纪事》作"萧沼"。

〔2〕雪云,《唐诗纪事》、《全唐诗》作"有雪"。不开,指雪云弥漫。崔嵬,高峻的样子。

〔3〕赤亭口,参见《武威送刘单判官赴安西行营便呈高开府》注〔18〕。

〔4〕银山,参见《银山碛西馆》注〔1〕。铁关,见《银山碛石馆》注〔2〕。这两句是说天山上耀眼的白雪能和月光一起映照到银山,又能随着胡地的大风飘过铁关。

〔5〕交河,见《初过陇山途中呈宇文判官》注〔8〕。鸟飞,《唐诗纪

139

事》、《全唐诗》作"飞鸟"。

〔6〕晻霭，昏暗的样子。

〔7〕这两句说雪中万木凋零，得以赠别者惟有青松。青松为友谊常青的象征，是诗的言外之意。

热海行送崔侍御还京[1]

侧闻阴山胡儿语[2]，西头热海水如煮。海上众鸟不敢飞，中有鲤鱼长且肥[3]。岸傍青草常不歇，空中白雪遥旋灭[4]。蒸沙烁石燃虏云，沸浪炎波煎汉月[5]。阴火潜烧天地炉，何事偏烘西一隅[6]？势吞月窟侵太白，气连赤坂通单于[7]。送君一醉天山郭[8]，正见夕阳海边落。柏台霜威寒逼人，热海炎气为之薄[9]。

〔1〕居北庭时作。诗中描写了热海的奇异风光。热海，即今吉尔吉斯共和国境内的伊塞克湖，其地唐时属安西节度使领辖。侍御，官名，唐御史台置殿中侍御史、监察侍御史（又称监察御史）各若干员，均统称为侍御。参见唐赵璘《因话录》卷五。

〔2〕侧闻，从旁听到。阴山，参见《轮台歌奉送封大夫出师西征》注〔6〕。

〔3〕宋刻本、《唐百家诗选》等此句之下均注曰："海中有赤鲤。"底本此注作眉批题于正文上端。

〔4〕歇，凋枯。旋，立刻。下句说，雪花尚在高空，立刻就被热海的炎气所融化。

〔5〕烁石,使石头融化。虏云,边地之云。这两句形容热海炎气之盛。

〔6〕天地炉,参见《经火山》注〔4〕。这里以冶铸喻万物的生成。天地是生成万物的一种因素,它像座炉子,里面有看不见的火在燃烧,故曰"阴火"。下句说,阴火为什么偏偏烘烤这西边的角落?意即热海的炎气为什么这样盛,它是怎样生成的?

〔7〕月窟,见《北庭贻宗学士道别》注〔4〕。太白,见《武威送刘判官赴碛西行军》注〔3〕。势吞,李校本作"热吞",宋刻本注:"一作热入。"赤坂,当指火山。山为红砂岩所构成,故谓之"赤坂"。单于,指单于都护府。唐高宗麟德元年(664)置,辖境在今内蒙古阴山、河套一带,开元九年(721)都护府划归朔方节度使领辖。这两句说热海炎气极盛,向周围扩散到极远之地。

〔8〕天山郭,天山城,疑指轮台。轮台在天山之北。又唐西州有天山县,地在今新疆托克逊,这里也可能即指天山县而言。

〔9〕柏台,御史台。汉御史府种植许多柏树,后世因称御史台为柏台。霜威,形容御史的威严。御史掌纠弹不法,使人有凛凛寒霜之感,故云。薄,减弱。之,《唐百家诗选》作"君"。这两句就崔在御史台任职而言。

送崔子还京〔1〕

匹马西从天外归,扬鞭只共鸟争飞〔2〕。送君九月交河北〔3〕,雪里题诗泪满衣。

〔1〕作于西州。西州属北庭节度使辖区,诗也应是岑参在北庭任

141

职期间所作。诗里表现崔子获归的喜悦及作者惜别、思归的悲愁。崔子，名无考。

〔2〕这两句写崔子获归的喜悦之情。扬鞭，宋刻本注："一作翩翩。"

〔3〕交河，见《初过陇山途中呈宇文判官》注〔8〕。又唐西州有交河县（在今吐鲁番西北二十里的雅尔湖），县界有交河。《元和郡县志》卷四十："交河，出（交河）县北天山，水分流于城下，因以为名。"

火山云歌送别〔1〕

火山突兀赤亭口〔2〕，火山五月火云厚。火云满山凝未开，飞鸟千里不敢来。平明乍逐胡风断，薄暮浑随塞雨回〔3〕。缭绕斜吞铁关树，氛氲半掩交河戍〔4〕。迢迢征路火山东，山上孤云随马去〔5〕。

〔1〕在北庭任职期间所作。诗歌描写了火山云气的奇异。火山，见《经火山》注〔1〕。

〔2〕突兀，形容高。赤亭口，见《武威送刘单判官赴安西行营便呈高开府》注〔18〕。

〔3〕浑，还。这两句说云气早晨刚被风吹散，傍晚又随雨聚合起来。

〔4〕缭绕，回环旋转。氛氲，气盛的样子。戍、戍所，即驻防地的营垒、城堡。两句皆形容云气之盛。

〔5〕这两句表面是写孤云随人，实际是人以孤云为伴。

赵将军歌[1]

九月天山风似刀,城南猎马缩寒毛[2]。将军纵博场场胜,赌得单于貂鼠袍[3]。

〔1〕任职北庭期间所作。这首诗写塞外寒天军营中的生活片断,末二句反映了边地少数民族首领和汉将们相互交往的情况。

〔2〕猎马,出猎的马。

〔3〕单于,见"轮台歌"注〔3〕。底本作"将军",当误,今据明抄本、《全唐诗》改。貂鼠,鼠类小兽,其毛皮是极贵重的衣料。

胡 歌[1]

黑姓蕃王貂鼠裘,葡萄宫锦醉缠头[2]。关西老将能苦战,七十行兵仍未休[3]。

〔1〕任职北庭期间所作。这首诗表现了边地上蕃王及汉将的生活:蕃王生活逸乐,豪兴可喜;而"关西老将"擅长苦战,七十仍转战疆场。

〔2〕黑姓,突骑施(西突厥别部,居今哈萨克斯坦、吉尔吉斯共和国一带)苏禄部。唐玄宗开元、天宝时,突骑施分为黄姓(娑葛部)、黑姓二部,互相猜忌攻击。参见《新唐书·突厥传》。蕃王,底本作"贤王",此

从明抄本、《全唐诗》。"黑姓蕃王"不一定是实指。锦,一种有彩色花纹的丝织品。古时宫内多用锦,因亦称为"宫锦"。葡萄宫锦,即织有葡萄花纹的锦。缠头,《通鉴》卷二百二十三胡三省注:"唐人宴集,酒酣为人舞,当此礼者以彩物为赠,谓之缠头。倡伎当筵舞者亦有缠头喝赐,杜甫诗所谓'舞罢锦缠头'者也。"这两句说蕃王穿着华贵,酒醉之后,当筵起舞,获得葡萄宫锦的彩物。

〔3〕关西老将,汉代谚语说:"关西出将,关东出相。"(见《后汉书·虞诩传》)关西,指函谷关(在今河南灵宝市东北)以西之地。行兵,用兵。

送张都尉东归〔1〕

白羽绿弓弦〔2〕,年年只在边。还家剑锋尽,出塞马蹄穿〔3〕。逐虏西逾海〔4〕,平胡北到天。封侯应不远,燕颔岂徒然〔5〕。

〔1〕天宝十五载(756)春作于北庭。诗中写张都尉常年转战塞上,劳苦功高,却未得到朝廷的封赏,由这里可以看到当时军中赏罚不明的一些情况。都尉,唐行府兵制,每府置折冲都尉一人,左、右果毅都尉各一人,为统兵官。底本无"张"字,据宋刻本、明抄本等补。宋刻本、明抄本诗题下均注曰:"时封大夫初得罪。"据《旧唐书·封常清传》及《通鉴》载,天宝十四载(755)冬,封常清入朝,遇安禄山之乱,玄宗命常清为范阳、平卢节度使,赴东都募兵讨贼,战于洛阳,官军大败,退守潼关。封常清因此被削除官爵,不久处死。所谓"初得罪"即指此事。

〔2〕白羽,箭名,司马相如《上林赋》:"弯蕃弱(古弓名),满白羽。"盖以白色羽毛为箭羽,故名白羽。绿弓弦,疑即绿沉弓之类。《唐音癸

签》卷十九:"《续齐谐记》云:……命婢取酒,提一绿沉漆盒。王羲之《笔经》:有人以绿沉漆竹管见遗,亦可爱玩。萧子云诗云:'绿沉弓项纵,紫艾刀横拔。'恐绿沉如今以漆调雌雄之类,若调绿漆之,其色深沉,故谓之绿沉,非精铁也。"

〔3〕这两句说张都尉常年转战塞上,还家时剑锋已耗尽,马蹄也踏穿了。

〔4〕虏,敌人。海,指西方极远处的海。西逾海,谓至西方极远之地。

〔5〕封侯,参见《初过陇山途中呈宇文判官》注〔6〕。颔(hàn),口。燕口阔大,"燕颔"即大口。《后汉书·班超传》:"相者指曰:'生燕颔虎颈,飞而食肉,此万里侯相也'。"燕颔可封侯是古代的一种迷信说法。这两句是劝慰之词。

与独孤渐道别长句兼呈严八侍御〔1〕

轮台客舍春草满,颍阳归客肠堪断〔2〕。穷荒绝漠鸟不飞,万碛千山梦犹懒〔3〕。怜君白面一书生,读书千卷未成名。五侯贵门脚不到〔4〕,数亩山田身自耕。兴来浪迹无远近,及至辞家忆乡信〔5〕。无事垂鞭信马头,西南几欲穷天尽〔6〕。奉使三年独未归,边头词客归来稀〔7〕。借问君来得几日,到家不觉换春衣〔8〕。高斋清昼卷罗幕,纱帽接䍠慵不着〔9〕。中酒朝眠日色高,弹棋夜半灯花落〔10〕。冰片高堆金错盘,满堂凛凛五月寒〔11〕。桂林葡萄新吐蔓,武城刺蜜未可餐〔12〕。军中置酒夜挝鼓,锦筵红烛月未午〔13〕。花门将军善胡歌,叶河蕃王能汉语〔14〕。知尔园林压渭滨，夫人堂上泣红裙〔15〕。鱼龙川北盘溪雨，鸟鼠山西洮水云〔16〕。台中严公于我厚〔17〕，别后新诗满人口。自怜弃置天西头，因君为问相思否？

〔1〕天宝十五载（756）春作于轮台。这首诗主要表现以下两方面内容：一送别独孤渐，二抒发作者自己的思乡愁绪。据诗中所述，独孤氏不干贵戚，读书虽多却未能成名，作者对其遭遇表示了深切的同情。独孤渐，未详。长句，唐人称七言古诗为长句。严八，即严武（参见岑仲勉《唐人行第录》）。武字季鹰，华阴（今陕西华阴县）人。《新唐书·严武传》："累迁殿中侍御史，从玄宗入蜀，擢谏议大夫，至德初赴肃宗行在。"侍御，即指殿中侍御史，参见《热海行》注〔1〕。据《通鉴》记载，唐玄宗于天宝十五载六月入蜀，此诗当作于严武从玄宗入蜀之前。

〔2〕颍阳，唐县名，在今河南登封市西南颍阳镇。岑参早年曾居颍阳，其早期诗常以"颍阳归客"自称，此同。时作者有归意，故自称"归客"。

〔3〕穷，极。荒，远。穷荒，极远之地，指西域，唐在其地置安西、北庭二节度使。绝漠，远隔难通、人迹罕到的沙漠。下句说路途遥远，连梦中都懒得归去。以上四句自指。

〔4〕五侯，泛指权贵之家。详见高适《行路难》诗注。

〔5〕浪迹，放浪远游，无有定所。无远近，不计远近。乡信，故乡的音讯。

〔6〕信马头，任马而行，漫无目的。南，《唐诗三集合编》作"来"。以上八句写独孤渐。

〔7〕奉使，奉命为使，指自己在北庭供职。三年，岑天宝十三载（754）赴北庭，至天宝十五载（756）春，已近三年。词客，犹言"文人"。

旧,同"久"。

〔8〕这两句是说由君来时的行期可推知归去的行期,送别时正值春天,到家时则春去夏来,所以说"不觉换春衣"。

〔9〕罗幕,铜活字本、《全唐诗》作"帷幕"。纱帽,南北朝至隋时为皇帝及贵显者所服,到唐代则成为一种便帽。后唐马缟《中华古今注》卷中曰:"武德九年(626)十一月,太宗诏曰:自今已后,天子服乌纱帽,百官士庶皆同服之。"接䍦(lí),即白接䍦,一种头巾。慵,懒散。下句说家中生活很懒散自在,白天连纱帽、头巾都不戴。

〔10〕中(zhòng)酒,醉酒。弹棋,古代的一种博戏,今已失传。

〔11〕冰片,即龙脑,以龙脑树胶制成,无色透明,状似冰,有强烈香气。可作香料,又可入药。错,涂饰。金错盘,一种上面有用黄金镶嵌的文字或图案的盘子。下句承上句而言,谓盘中堆满冰片,使人即在五月,犹觉凛凛寒意。这里只取冰片似冰的表面意思。又送行时正值春天,到家时春去夏来,故有"五月"之语。以上六句想象独孤渐归家后的生活。

〔12〕"桂林"句,葡萄为西域所产,这里的桂林当是西域地名,详不可考。武城,在今新疆吐鲁番附近。据在吐鲁番发现的西州高昌县武城城主范羔墓志,知唐代西域的武城应在这里(参见冯承钧《西域地名》)。刺蜜,一种草。《元和郡县志》卷四十称西州前庭县(原高昌县,在今吐鲁番东南)"泽间有草,名为羊刺,其上生蜜,食之与蜂蜜不异,名曰刺蜜。"这两句转写当时西域的气候特征,与首句"轮台客舍春草满"相应,并引起下文,表明置酒饮宴的时间。

〔13〕挝(zhuā),击。筵,竹席,古代坐具。锦筵,华丽的坐席。午,指午夜(夜半)。月未午,从月亮的位置看,还不到午夜时分。

〔14〕花门,据《新唐书·地理志》载,居延海(在今内蒙古额济纳旗北境)北三百里有花门山堡。其地本唐置,天宝时为回纥所据。杜甫《留花门》以花门称回纥,这里以花门借指西域少数民族。叶河,《新唐

书·地理志》:"……又渡叶叶河七十里有叶河守捉。"叶河守捉属北庭节度使领辖,地在今新疆乌苏市境(参见冯承钧《西域地名》)。叶河蕃王也非实指。

〔15〕尔,你。压,临。渭,渭水。红,宋刻本、明抄本等作"罗"。

〔16〕鱼龙川,即龙鱼川(《水经注》作龙鱼川,《太平御览》卷六十五引作"鱼龙川"),汧水的一段。据《水经·渭水注》载,汧水(出陕西陇县,东南流入渭水)有二源,"一水出县(指汧县,在今陕西陇县南)西山,世谓之小陇山……其水东北流,历涧,注以成渊,潭涨不测,出五色鱼,俗以为灵,而莫敢采捕,因谓是水为龙鱼水,自下亦通谓之龙鱼川。"又一源出县西汧山,二源相会,"自水会上下,咸谓之龙鱼川。"盘溪,据《陕西通志》卷十二载,陕西韩城西北有盘水,又名畅谷水。《水经·河水注》:"(畅谷)水自溪东南流,迳夏阳县(今陕西韩城)西北,东南注于河。"盘水在鱼龙川东北。盘,宋刻本作"磐"。鸟鼠山,在甘肃渭源县西,渭水源出于此。洮水,今甘肃洮河,在鸟鼠山之西。这两句写渭水附近风物,与上"知尔园林压渭滨"句相呼应。

〔17〕台,即御史台。

醉里送裴子赴镇西〔1〕

醉后未能别,醒时方送君〔2〕。看君走马去,直上天山云〔3〕。

〔1〕至德二载(757)东归前作于北庭。这首诗篇幅虽小,却成功地刻划出了军中将士的矫健风貌。镇西,据《新唐书·地理志》载,安西至德元载更名镇西。

〔2〕醒时,许校本、《全唐诗》作"待醒"。

148

〔3〕由北庭至安西须越过天山,这两句正写走马将越天山的奇特景象。

田使君美人如莲花舞北旋歌 此曲本出北同城〔1〕

如莲花,舞北旋〔2〕,世人有眼应未见。高堂满地红氍毹〔3〕,试舞一曲天下无。此曲胡人传入汉,诸客见之惊且叹。曼脸娇娥纤复秾,轻罗金缕花葱茏〔4〕。回裙转袖若飞雪,左旋右旋生旋风〔5〕。琵琶横笛和未匝,花门山头黄云合〔6〕。忽作出塞入塞声,白草胡沙寒飒飒〔7〕。翻身入破如有神,前见后见回回新〔8〕。始知诸曲不可比,《采莲》《落梅》徒聒耳〔9〕。世人学舞只是舞,恣态岂能得如此〔10〕!

〔1〕似作于出塞、入塞途中,具体时间不详。这首诗描写了边疆奇妙的音乐和舞蹈。使君,州郡长官之称。田使君美人,疑指田使君家妓。如莲花,指穿着鲜艳的舞衣旋舞起来犹如一朵莲花。旋,底本等作"铤",李校本、明抄本、《全唐诗》作"铤",《唐百家诗选》作"锭",今据《唐诗纪事》之误字"旋"(无此字,当为"旋"之形误)校改。按,此诗首句《唐诗纪事》作"如莲花,舞北旋(旋)",《唐百家诗选》作"如莲花,舞北锭",作"锭"不合韵,当误;作"旋(旋)"是,"旋"、"见"为韵。首句既作"旋",则诗题自亦当作"旋"。盖"旋"误为"旋",文不可晓,遂改作"锭"。又"锭"一通"铤",因改为"铤",而"铤"形近又误为"铤"。北旋,舞名。由诗中"回裙"二句看来,此舞当与胡旋舞相类。胡旋舞出自康国(在今乌兹别克斯坦共和国撒马尔罕一带),唐玄宗开元、天宝时传入

中国。《通典》卷一四六："(康国)舞二人……舞急转如风，俗谓之胡旋。"白居易《胡旋女》诗曰："弦鼓一声双袖举，回雪飘飖转蓬舞。左旋右转不知疲，千匝万周无已时。人间物类无可比，奔车轮缓旋风迟。"大约此舞多旋转动作，又出自"北同城"，故名"北旋"。如莲花舞北旋，诸本多作"如莲花北铤(或作"铖")"，《全唐诗》作"舞如莲花北铤"，此据《唐诗纪事》及底本注语校改。诗题下注语，底本作眉批书于题目上端，此据《唐百家诗选》、许校本、《全唐诗》改。北同城，当在居延海(今内蒙古额济纳旗北境)附近。陈子昂《为乔补阙论突厥表》："臣比在同城，接居延海西，逼近河南口(疑当作"碛南口"，陈子昂《上西番边州安危事》："臣伏见今年五月敕，以同城权置安北府，此地逼碛南口。")……。"又《新唐书·地理志》云，甘州(今甘肃张掖)北千余里有宁远军，"故同城守捉也，天宝二载为军，军东北有居延海。"

〔2〕这两句底本作"美人舞如莲花旋"，此从《唐诗纪事》、《唐百家诗选》。

〔3〕高堂，底本作"高台"，据《唐百家诗选》、《全唐诗》改。红，《唐诗纪事》作"铺"。氍毹(qú shū)，毛织的地毯。

〔4〕曼，美。各本作"慢"，《唐诗三集合编》作"嫚"，注："一作曼。"岑参《梁园歌送河南王说判官》："娇娥曼脸成草蔓。"可证作"曼"为是。娇，美好、可爱之意。娥，旧指美女。秾(nóng)，本意为花木繁盛，多用来形容体态丰满。纤复秾，即曹植《洛神赋》所谓"秾纤得衷"意，指身材匀称，胖瘦适度。金缕，金线。葱茏，形容花木青盛。下句说，轻罗衣上有用金线绣的花卉。

〔5〕回，旋，转。裙，《全唐诗》作"裾"。"左旋右旋"之"旋"，底本作"铤"，其他各本或作"铖"，或作"铤"，《唐诗纪事》作"旋"，今校改为"旋"。

〔6〕横笛，横吹之笛。匝，周，遍。和未匝，伴奏还不到一个段落。

花门山,参见《与独孤渐道别长句兼呈严八侍御》注〔14〕。下句隐用"响遏行云"的典故,描写音乐的美妙动人。《列子·汤问》载:"薛谭学讴于秦青,未穷青之技,自谓尽之,遂辞归。秦青弗止,饯于郊衢,抚节悲歌,声振林木,响遏行云(美妙的音响留住了天上的行云)。"

〔7〕出塞、入塞,皆汉横吹曲名,唐时二曲犹存。这里不是实指演奏出塞、入塞曲,而是指音乐表现出塞、入塞的主题。下句写听了出塞、入塞音乐后的感受:眼前好像出现一望无际的白草和沙漠,耳边似乎闻到了寒风飒飒。

〔8〕入破,唐大曲十二遍(段)之一。大曲可分三大段:散序、中序、破。破即破碎之意,指音调急促。《新唐书·五行志》:"至其曲遍繁声,皆谓之入破。……破者,盖破碎云"三大段又细分为十二遍,入破为第六遍。此遍是"破"的开始,故称为"入破"。翻身入破,谓旋舞至音乐演奏"入破"一段的时候。如有神,指动作轻捷,若有神助。下句指舞技高超,变化多端,前后回回不同。

〔9〕《采莲》,曲名。梁清商曲《江南弄》有《采莲曲》,唐大曲中有《采莲》,杂曲中有《采莲子》。《落梅》,曲名。汉横吹曲有《梅花落》,唐代仍然流行。聒(guā)耳,声音嘈杂刺耳。

〔10〕这两句说世上一般人学舞,只会掌握动作的形式,哪能表演出这样奇妙的姿态!

酒泉太守席上醉后作〔1〕

酒泉太守能剑舞,高堂置酒夜击鼓。胡笳一曲断人肠〔2〕,座上相看泪如雨。琵琶长笛曲相和,羌儿胡雏齐唱歌〔3〕。浑炙犁牛烹野驼,交河美酒金叵罗[4]。三更醉后军中寝,无奈秦山归梦何[5]！

〔1〕疑为至德二载(757)春东归途中所作。诗中抒写在酒泉太守席上宴饮的情景和作者的思归之情。酒泉,唐郡名,治所在今甘肃酒泉。此诗李校本、《全唐诗》等分为两首,前四句作一首,后六句另作一首,题皆为"酒泉太守席上醉后作"。应以合为一首为是。

〔2〕胡笳,参见《胡笳歌送颜真卿使赴河陇》注〔1〕。

〔3〕胡雏,胡儿。

〔4〕浑,还。犁牛,毛色黄黑相杂的牛。一说犁牛即耕牛。野驼,野骆驼。交河,见《初过陇山途中呈宇文判官》注〔8〕。其地产葡萄美酒。叵(pǒ)罗,一种圆形酒器。

〔5〕秦山,即终南山。这两句是说醉后就寝,仍不免梦归秦山,实属无可奈何。

行军二首 时扈从在凤翔[1]

吾窃悲此生,四十幸未老[2]。一朝逢世乱,终日不自保[3]。
胡兵夺长安,宫殿生野草[4]。伤心五陵树,不见二京道[5]。
我皇在行军,兵马日浩浩[6]。胡雏尚未灭,诸将恳征讨[7]。
昨闻咸阳败,杀戮尽如扫[8]。积尸若丘山,流血涨丰镐[9]。
干戈碍乡国,豺虎满城堡[10]。村落皆无人,萧条空桑枣[11]。儒生有长策,无处豁怀抱[12]。块然伤时人,举首哭苍昊[13]！

〔1〕这两首诗是至德二载（757）岑参随从唐肃宗在凤翔时所作，诗中揭露了安史叛军的暴行，对国家的动乱和人民的苦难表示极大忧虑，并抒发了自己希冀建立功业、报效国家的志愿和怀才不为朝廷所用的哀痛心情。天宝十四载（755）冬，安史之乱发生，次年六月潼关陷落，唐玄宗逃往四川，宦官李辅国挟太子李亨北去灵武（今宁夏灵武），安禄山攻陷长安。七月，李亨在灵武即位称帝，即唐肃宗，改年号为至德。至德二载二月，肃宗从灵武进至凤翔（今陕西凤翔）。岑参于至德二载六月前自北庭归抵凤翔，六月，经杜甫、裴荐等举荐，任右补阙，此诗即作于授职后。行军，犹行营。扈从，随从天子车驾的人。

〔2〕窃，私自。当时岑参四十三岁，诗中"四十"是约举成数而言。

〔3〕一朝，一旦。世乱，指安史之乱。不自保，不能自安。以上四句概述遭遇安史之乱，表现了诗人忧国的情愫。

〔4〕胡兵，指安史叛军。叛军中多奚、契丹、突厥、同罗、室韦等族人，故称"胡兵"。

〔5〕五陵，见《与高适薛据同登慈恩寺浮图》注〔10〕。二京，唐时以长安为西京、洛阳为东京，合称"二京"。洛阳于天宝十四载十二月陷落。以上四句说二京相继失陷，失地在兵燹之中遭到破坏，令人伤怀。

〔6〕我皇，指唐肃宗。浩浩，浩浩荡荡。

〔7〕胡雏，犹言"胡儿"，指安史叛军。恳，诚心。以上四句说王师军容壮盛，诸将诚心效命。

〔8〕昨，犹昔。咸阳，秦定都于咸阳，地在长安附近，此处借指长安。至德元载十月，宰相房琯为持节招讨西京兼防御蒲、潼两关兵马节度等使，率军收复长安，分三路进兵。十二月初一，中路、北路两军在陈陶泽（一名陈涛斜，在陕西咸阳市东）与安禄山部将安守忠遭遇，大战惨败，士卒死者四万余人。"咸阳败"事即指此。尽如扫，形容杀戮皆尽。这

153

两句及以下六句写唐军败后惨状和人民遭受叛军荼毒的情形。

〔9〕丰,同鄷;镐(hào),同鄗。丰镐为周室旧居之地。丰在今西安市西南,周文王自岐迁都于此;镐在今西安市小昆明池附近,周武王灭殷后迁都于此。这里丰镐借指长安。丰(豐),底本作"澧",铜活字本作"沣(澧)",今从《全唐诗》校改。

〔10〕干戈,指战争。乡国,犹家乡。豺虎,喻安史叛军。上句说,战乱使人们流离失所,有家归不得。

〔11〕桑枣,是古代农村家宅旁常栽的树木。这两句写战乱中农村园庐荒废、寂无人烟的萧条景象。条,各本均同,唯底本作"然"。

〔12〕儒生,书生,岑参自称。长策,良策。豁,抒发。这两句说虽有平乱的计谋,但不被当政者所采用。据杜确《岑嘉州诗集序》称,时岑参"入为右补阙,频上封章,指述权佞",因而遭到一些权贵的排挤,虽屡有奏策而不为唐肃宗所用,故出此语。

〔13〕块然,孤独之意。苍昊(hào),苍天。这两句说自己忧时念国而无处倾诉,只得昂首对天痛哭。底本此二句上空十字,表明缺二句待补。李校本等不空。

早知逢世乱,少小谩读书[1]。悔不学弯弓,向东射狂胡[2]！
偶从谏官列,谬向丹墀趋[3]。未能匡吾君,虚作一丈夫[4]。
抚剑伤世路,哀歌泣良图[5]。功业今已迟,览镜悲白须[6]。
平生抱忠义,不敢私微躯[7]。

〔1〕少小,小时。谩,轻慢。

〔2〕弯弓,拉弓,此指武艺。以上四句说,早知遭遇世乱,小时候就不该注重读书,倒不如练就武艺,可以报效国家,讨平叛乱。

〔3〕偶,偶然,意想不到。从,加入,跟随。谬,妄。丹墀,古时皇宫

前台阶上的空地涂成红色,故名。这两句说自己本来不配做谏官,向丹墀朝觐皇帝,是一种自谦的说法。

〔4〕匡,救。这两句说自己身居谏职,未能匡救君国危难,枉为一个男子。

〔5〕抚剑,以手按剑,表示激昂。伤世路,哀伤世途多艰。这两句是说为国家遭遇危难、自己空有良图不得施用而哀伤哭泣、慷慨悲歌。泣,底本注:"一作乏。"

〔6〕这两句是说对镜自照,为须白年衰而哀伤,痛感为国建树勋业之时已晚。

〔7〕忠义,指效忠君国之心。私,爱惜。这两句说平生怀抱忠义之心,但有为国效力之处,岂敢爱惜自己的生命。

行军九日思长安故园 时未收长安〔1〕

强欲登高去,无人送酒来〔2〕。遥怜故园菊,应傍战场开〔3〕!

〔1〕至德二载(757)重阳节作于凤翔。诗中抒写因重阳佳节而勾起对故园的怀念,感叹长安被安史乱军所据,刀兵未息。写作背景可参见《行军二首·吾窃悲此生》注〔1〕。按至德二载安禄山被其子安庆绪所杀,叛军内部分化,郭子仪、李光弼等率唐军及借得的回纥兵于是年九月收复长安。九日,指阴历九月九日重阳节。疑本诗是和隋代江总《于长安归还扬州九月九日行薇山亭赋韵》的原韵而作(江诗曰:"心逐南云逝,形随北雁来。故乡篱下菊,今日几花开?")。

〔2〕登高,古人在重阳节(重九)有登高饮菊花酒的风俗。《续齐谐记》:"汝南桓景,随费长房游学累年,长房谓曰:'九月九日,汝家当有

灾,宜急去令家人各作绛囊,盛荣萸以系臂,登高饮菊花酒,此祸可除。'景如言,齐家登山。夕还,见鸡犬牛羊一时暴死。长房闻之,曰:'此可代也。'今世人九日登高饮酒,妇人带茱萸囊,盖始于此。"按重九饮菊花酒事又见于《西京杂记》、《列仙传》。送酒,用晋江州刺史王弘送酒给陶潜的故事,见《南史·隐逸传》、《续晋阳秋》。《续晋阳秋》:"陶潜九月九日无酒,于宅边菊丛中摘盈把,坐其侧,久望见白衣人,乃王弘送酒,即便就酌而后归。"以上二句说,适逢重阳佳节,也想勉强地按照风俗登高饮酒,但在兵荒马乱之中,找不到像王弘那样的人来助兴。

〔3〕这两句说,因重九而联想到菊花,可长安仍是兵革战场,那里的菊花只能挨着战场而开! 语中流露出对战乱的无限感慨。

奉和中书贾至舍人早朝大明宫[1]

鸡鸣紫陌曙光寒,莺啭皇州春色阑[2]。金阙晓钟开万户,玉阶仙仗拥千官[3]。花迎剑佩星初落,柳拂旌旗露未干[4]。独有凤凰池上客,《阳春》一曲和皆难[5]。

〔1〕作于乾元元年(758)春,当时岑参在长安任右补阙。诗中描述了春日在大明宫早朝时的盛况。奉和,随他人诗题作诗(可按或不按原诗韵)称为"和"(也叫"酬")。贾至,字幼邻,洛阳人。擢明经第,唐肃宗时任中书舍人(唐代中书省置中书舍人六人,掌参议表章、制诰等职事)。贾至原诗题作《早朝大明宫呈两省僚友》,此外杜甫有《奉和贾至舍人早朝大明宫》,王维有《和贾舍人早朝大明宫之作》。大明宫,原名永安宫,贞观八年(634)建,贞观九年改名大明宫,故址在今陕西长安区

东。宫内有含元、宣政、紫宸三殿，为朝会行仪之处。

〔2〕紫陌，指京师长安的道路。啭，鸣，唱。皇州，天子所在之地，指长安。阑，尽，晚。春色阑即春深。上句说上朝之早，下句点出时令。

〔3〕阙，宫门前望楼。玉阶，指皇宫的台阶。仙仗，皇帝的仪仗。据《新唐书·仪卫志》，朝会之仗有五，以诸卫为之，"皆带卫捉仗，列坐于东西廊下。"这两句写早朝时的盛况。上句说宫中一声晓钟，千门万户齐开；下句说阶下仪仗极盛，簇拥着上朝的众官。

〔4〕佩，指系在剑绶上的饰物。星初落，指天刚亮。这两句中，花、柳写春景，星初落、露未干写时间之早，和首二句正相呼应。落，《文苑英华》作"没"。

〔5〕凤凰池，指中书省。本义为御花园中的池沼。魏晋以后，中央政府设中书省，其官员执掌机要，接近皇帝，容易受到宠信，所以称中书省为凤凰池。《晋书·荀勖传》："勖自中书监除尚书令，人贺之。勖曰：'夺我凤凰池，诸君何贺邪？'"客，指贾至。《阳春》，即《阳春白雪》，见高适《睢阳酬别畅大判官》注〔3〕。这里把贾诗比作《阳春白雪》，谓堪称绝唱，他人很难相和。

寄左省杜拾遗〔1〕

联步趋丹陛，分曹限紫微〔2〕。晓随天仗入，暮惹御香归〔3〕。
白发悲花落，青云羡鸟飞〔4〕。圣朝无阙事，自觉谏书稀〔5〕。

〔1〕写作年代同上篇。这是一首寄赠杜甫的诗，前半写和杜甫一同上朝的情景，后半慨叹自己年老而不被重用，流露出无可奈何的哀怨之意。杜拾遗，即杜甫，当时杜甫在门下省任左拾遗，岑参为中书省右补

阙。唐代门下省置左补阙、左拾遗各二人,中书省置右补阙、右拾遗各二人,拾遗、补阙各为从八品、从七品谏官。左省,即门下省,又称左曹、东省。大明宫宣政殿东廊名曰华门,门外东上阁为门下省所在地,地处宣政殿左,故名。(西廊名月华门,门外西上阁为中书省所在地,地处殿右,又称右曹、右省、西省)。拾遗、补阙以东西省分左、右。杜甫有《奉答岑补阙见赠》诗,可参看。诗题《文苑英华》作"寄左省杜拾遗甫"。

〔2〕联步,同行。曹,古时官府分科治事,称为曹,分曹犹分部。限,界限、隔开。紫微,谓王者之宫。《晋书·天文志》:"一曰紫微,大帝之座也,天子之常居也,主命主度也。"《文选》谢庄《宋孝武宣贵妃诔》李善注:"王者之宫以象紫微,故谓宫中为紫禁。"此处以紫微指朝会时皇帝所在的宣政殿。左、右省中隔着宣政殿,故云"分曹限紫微"。上句谓同朝,下句指不同署。"微",底本作"薇",今从《文苑英华》等。

〔3〕天仗,即仙仗,参见《奉和中书贾至舍人早朝大明宫》注〔3〕。唐制,朝会时门下、中书省官员由东西阁仪卫依次导入宣政殿,分东西班相对而立。惹,沾染。御香,朝会时殿中设炉燃香,《新唐书·仪卫志》:"朝日殿上设黼扆(yǐ)、蹋席、熏炉、香案。"这两句分别写入朝和退朝。

〔4〕上句说自己衰老发白,悲叹时光逝去,春花又落。下句说羡慕鸟儿得以高飞青云,指自己不被重用,不能像鸟儿那样展翅高飞。云,底本作"春",此据许校本、铜活字本等改。

〔5〕阙,同缺,指错失。谏书,进谏的奏章。按当时国乱未定,所谓"无阙事"并不是真实情况。所以这两句表面上说的是朝廷无错失可以进谏,实际则指自己的意见不为朝廷所重视,故而进谏的奏章少了。

早秋与诸子登虢州西亭观眺　得低字〔1〕

亭高出鸟外,客到与云齐〔2〕。树点千家小,天围万岭低〔3〕。

残虹挂陕北,急雨过关西〔4〕。酒榼缘青壁,瓜田傍绿溪〔5〕。
微官何足道,爱客且相携〔6〕。唯有乡园处,依依望不迷〔7〕!

〔1〕岑参自乾元二年(759)五月至上元二年(761)冬出为虢州长史,此诗即作于虢州任内。诗中主要描写作者与友人同登虢州西亭所看到的景色;诗末四句,还流露了作者"谪官"虢州时内心的苦闷和对长安的依恋之情。虢州,唐州名,属河南道,治所在今河南灵宝县南。西亭,在虢州城西,地当高处,又名西山亭子,岑参虢州诗中屡见。

〔2〕外,犹"上"。这两句形容亭高。

〔3〕树点,树木如点。天围,天就像围在四周。这两句写从亭上下视和向四周眺望的感觉。

〔4〕陕北,陕州以北。关西,指古函谷关(在今河南灵宝)以西。这两句写亭中所见初秋雨后的景色。

〔5〕榼(kē),盛酒器具。缘,因,这里引申为"依"义。青壁,长满青色植物的山崖。上句写亭傍峭壁,依山崖摆酒。下句写从亭上俯瞰所见原野景色。

〔6〕爱客,好友。这两句说卑微的官职何足道,且与好友们携手同游。

〔7〕乡园,此指长安。不迷,指不为他物所迷。这两句说在亭上观眺,最堪留恋的只有家乡所在的地方。

西亭子送李司马〔1〕

高高亭子郡城西,直上千尺与云齐〔2〕。盘崖缘壁试攀跻,群

159

山向下飞鸟低〔3〕。使君五马天半嘶,丝绳玉壶为君提〔4〕。坐来一望无端倪,红花绿柳莺乱啼,千家万井连回溪〔5〕。酒行未醉闻暮鸡,点笔操纸为君题〔6〕。为君题,惜解携;草萋萋,没马蹄〔7〕。

〔1〕这是一首赠行诗,作于任虢州长史时。诗歌表现了与友人的依依惜别之情;在写景上,别具特色,较好地刻划出了自然景物的美。司马,州刺史的佐官。

〔2〕上,底本作"下",注:"下本作上。"此从宋刻本改正。

〔3〕盘,绕。缘,沿。壁,指险峻陡峭的山崖。跻,登。以上四句描绘亭子所处地势的高峻。

〔4〕使君,古代称州郡长官为使者。五马,古代诸侯驾车用五匹马,汉时太守也用五马。《陌上桑》:"使君从南来,五马立踟蹰。"天半嘶,从侧面写亭子之高。"丝绳"句,参见《青门歌送东台张判官》注〔6〕。这两句写虢州刺史亲临西亭为李司马设宴饯行。

〔5〕无端倪,无边无涯之意。以上三句点出送客时正值暮春三月,花红柳绿,群莺乱啼,登高望远,景色尽收眼底。

〔6〕行,行觞,指酌酒请人饮。点笔,以笔舐墨。这两句说饮酒未酣,而鸡已啼暮,征人将行,临别前作诗以赠。

〔7〕为君题,底本无此三字,今从宋刻本补。解携,离别,分手。萋萋,草茂盛的样子。末二句由春草的茂盛联想到足以掩没征人的马蹄,使征人离去时,连一个马蹄印迹也未能留下,这与《白雪歌送武判官归京》中"山回路转不见君,雪上空留马行处"意境不同,但都充分表现了作者惆怅惜别的衷情。

虢州后亭送李判官使赴晋绛 得秋字[1]

西原驿路挂城头,客散红亭雨未休[2]。君去试看汾水上,白云犹似汉时秋[3]!

〔1〕这是一首送客诗,作于虢州任内。首句于平淡中见突兀,结尾写来含蓄。晋绛,即晋州、绛州,唐时同属河东道。晋州治所在白马城(今山西临汾),绛州治所在正平(今山西新绛),两地均临汾河。诗题《唐诗三集合编》、《唐诗类钞》均作“送人”。底本无“得秋字”,今从宋刻本补。

〔2〕西原,地名,在河南灵宝县城西南。驿路,通驿车的大路。挂城头,形容驿路之高。红亭,据岑参诗,虢州西亭、东亭、水亭、后亭等均有“红亭”之称,又蜀中诗《早春陪崔中丞泛浣花溪宴》亦有“红亭”之称,可知“红亭”系指亭的颜色而言,并非专名。红,明抄本、《唐百家诗选》等作“江”。休,明抄本作“收”。

〔3〕汾水,源出山西宁武县管涔山,流经山西中部。“白云”句,据《汉武故事》记载,武帝曾于元鼎四年(公元前113)秋天,到河东汾阴(今山西万荣县宝鼎镇)祭祀后土(土神),在汾河上和群臣宴游,兴酣作《秋风辞》,辞中有“秋风起兮白云飞,草木黄落兮雁南归”之句。这两句是说君此行可往游汾水,那里秋天的景象,大概还和汉武帝辞中所描写的差不多。暗示“人事已改”,并点出李判官所去之地,同诗题“赴晋绛”之文相应。

卫节度赤骠马歌[1]

君家赤骠画不得,一团旋风桃花色[2]。红缨紫鞚珊瑚鞭,玉鞍锦鞯黄金勒[3]。请君鞴出看君骑,尾长窣地如红丝[4]。自矜诸马皆不及,却忆百金新买时[5]。香街紫陌凤城内,满城见者谁不爱[6]?扬鞭骤急白汗流,弄影行骄碧蹄碎[7]。紫髯胡雏金剪刀,平明剪出三鬃高。枥上看时独意气,众中牵出偏雄豪[8]。骑将猎向南山口,城南狐兔不复有。草头一点疾如飞,却使苍鹰翻向后[9]。忆昨看君朝未央,鸣珂拥盖满路香。始知边将真富贵,可怜人马相辉光[10]。男儿称意得如此[11],骏马长鸣北风起。待君东去扫胡尘[12],为君一日行千里!

〔1〕这首诗着力渲染节度使卫伯玉的坐骑赤骠马的不同寻常,并通过写马,烘托出了马主人的高贵身份和豪雄气概。唐代饲养良种马匹为一时风尚,从本诗对骏马的描述可见一斑。节度,官名,即节度使,掌数州以至十数州的军事、行政等大权,为唐代外官中权最重者。安史之乱以前只在边地设置,安史之乱以后在内地也有设置。卫节度即卫伯玉,《旧唐书》《新唐书》有传。卫伯玉原为安西将领,因唐肃宗兴师靖难,遂于乾元元年(758)归长安领神策兵马使出镇陕州(在今河南陕县)行营,次年十二月,以功封右羽林大将军,四镇、北庭行营节度使,乾元三年转神策军节度使。此诗当作于卫伯玉始为节度使之后、广德元年(763)正月史朝义败死之前。骠,本指有白斑点的黄马;赤骠,马名。诗

题明抄本无"赤"字,《唐诗纪事》《唐百家诗选》作"卫尚书赤骠马歌"。据《旧唐书·代宗纪》,卫伯玉加检校工部尚书在大历元年(766)六月,这时岑参已在四川,两人无从相遇,且和诗中"东去扫胡尘"之意不合,故作"尚书"者非是。

〔2〕这两句指马行如旋风一般迅捷,以致使画家也把握不住,无法描摹。

〔3〕缨,马颈革。缰,同缰,马缰绳。珊瑚鞭,指马鞭的把手用珊瑚镶嵌。鞯,鞍垫。勒,带嚼子的马笼头。这两句极言马具的精美、华贵。缰,《全唐诗》及底本作"鞓",此从明抄本等。珊瑚,底本注:"一作玳瑁。"

〔4〕鞴(bèi),同鞁,配置鞍鞯。"君骑"之"君",各本均同,唯底本误作"马"。窣(sū),垂,拂。底本误作"宰",此从明抄本。

〔5〕自矜,自夸。新,底本作"初",此从《唐诗纪事》、明抄本等。

〔6〕香街、紫陌,指长安城的街道。凤城,即京城。传说春秋时秦穆公之女弄玉吹箫引凤,凤降咸阳,因号丹凤城,其后遂称京都之城为丹凤城或凤城。满城,底本注:"一作行人。"以上四句说赤骠马极为名贵,谁见了都喜欢。

〔7〕白汗,《战国策·楚策》:"夫骥之齿(年龄)至矣,服盐车而上太行,蹄申膝折,尾湛胕溃,漉汁洒地,白汗交流。"高诱注:"不缘暑而汗也。"一说白指汗色。谓马汗曰白汗,本此。弄影,指马行时身影晃动。骄,壮健貌。碧蹄,言马蹄如颜色极美之青石。碎,碎步。这两句写赤骠马奔驰的情态。

〔8〕髯(rán),颊毛。紫髯胡雏,指马夫为胡儿。平明,天刚亮。鬃(zōng),马颈鬃毛。三鬃,指把马鬃修剪成三瓣的式样,即所谓"三花马"。枥,马槽。独意气,气概独特不凡。偏,特别。以上四句写赤骠马经过马僮的精心修饰,更加非同寻常。

163

〔9〕南山,长安城南的终南山。一点,谓马在草原上奔驰如飞,仿佛蹄不沾地,只点着草梢一般。翻,反。以上四句说马行神速,骑上射猎,狐兔无法逃脱,连疾飞的猎鹰也要落后。

〔10〕昨,昔。未央,汉宫殿名,汉高祖命萧何所造,故址在今西安市西北,此处借指唐宫殿。珂(kē),马勒上的玉饰,马行时作声,故称"鸣珂"。拥,持。盖,伞盖,古时高级官员出行时用为仪仗,原设在车舆之上,后演变为由人擎持前行。按唐代车服制度,五品以上官员有珂、盖。路,底本注:"一作邑。"可怜,可爱。相辉光,交相辉映。以上四句写乾元元年卫伯玉自安西归长安朝觐的景象。

〔11〕称意,《唐百家诗选》作"意气"。

〔12〕胡尘,指安史叛军。

潼关镇国军句覆使院早春寄王同州〔1〕

胡寇尚未尽〔2〕,大军镇关门。旗旌遍草木,兵马如云屯。圣朝正用武,诸将皆承恩。不见征战功,但闻歌吹喧〔3〕。儒生有长策,闭口不敢言〔4〕。昨从关东来,思与故人论〔5〕。何为廊庙器,至今居外藩〔6〕!黄霸宁淹留,苍生望腾骞〔7〕。卷帘见西岳,仙掌明朝暾〔8〕。昨夜闻春风,戴胜过后园。各自限官守,何由叙凉温〔9〕。离忧不可忘,襟背思树萱〔10〕。

〔1〕此诗作于宝应元年(762),时岑参由虢州长史改任太子中允兼殿中侍御史,充关西节度判官。诗里先写安史余党未灭,而"承恩"诸将却不事征战,揭露了朝廷用非其人的弊端;次写友人有高才却不能施展

164

抱负;最后抒写与友人别离的忧思。潼关,在唐华州华阴县东北,地当今陕西、山西、河南三省交界处。镇国,唐方镇名。镇国军,镇国节度使属军。镇国节度使兼掌潼关防御。据《新唐书·方镇表》载,上元二年(761)以华州(今陕西渭南市华州区)置镇国节度,因华州在潼关之西,又名关西节度。句覆,未详,疑系地名。使院,镇国军使的官署。王同州,一个王姓的同州(治所在冯翊,今陕西大荔县)刺史,生平不详。

〔2〕胡寇,指安史余党史朝义的军队。

〔3〕承恩,得到皇帝的恩宠。以上四句揭露"承恩"诸将不事征战、只顾享乐的情况。

〔4〕这两句说自己有平定叛乱的良策,但诸将得宠,权势正盛,自己虽有话也不敢说出来。

〔5〕关东,指在潼关以东的虢州。故人,指王同州。

〔6〕廊庙器,廊庙旧指朝廷,封建时代称可担当朝廷重任的人为廊庙器。外藩,原指封地在京畿之外的诸侯,这里"居外藩"指在地方而非在中央任职。唐人做官重内轻外,一般认为京职才可以施展抱负。这两句说王同州才器堪可担当朝廷的重任,为什么至今还在地方任职!

〔7〕黄霸,字次公,西汉有名的循吏。宣帝时任扬州刺史、颍川太守,为政宽和,治绩时称天下第一,后升任御史大夫、丞相,封建成侯。事见《汉书·循吏传》。宁,怎能。淹留,久留,滞留。骞(xiān),振翼而飞。腾骞,腾达之意。这两句以黄喻王,说王治绩斐然,百姓都盼望他升迁,哪能久留于同州。

〔8〕西岳,华山,即太华山,在陕西华阴南,有莲花、落雁、仙掌等峰。仙掌峰一名朝阳峰,在华山东北,岩壁黑色,有石膏流出,凝结成痕,黄白相间,远望形如巨人手掌,传说是巨灵神掰山留下的印迹。暾,初升的太阳。

〔9〕戴胜,即戴鵀(rén),鸣禽,头顶有羽冠。《礼记·月令》:"(季

165

春之月）鸣鸠拂其羽，戴胜降于桑"。限官守，为官职所拘。叙凉温，叙问起居状况。这四句说春天已到，但各自为官职所拘，无从见面，互相叙问起居。

〔10〕襟背，襟，堂前；背，同北，堂后。《文选》陆机《赠从兄车骑》："安得忘归草，言树背与襟。"李善注："韩诗（《卫风·伯兮》）曰：'焉得谖草，言树之背。'然襟犹前也。"树，栽种。萱（xuān），植物名，也作谖或谖，又称"忘忧草"。这两句说离忧难忘，自己很想在房前屋后种上"忘忧草"，或许可借以忘忧。

奉送李太保兼御史大夫充
渭北节度使 <small>即太尉光弼弟</small>〔1〕

诏出未央宫，登坛近总戎〔2〕。上公周太保，副相汉司空〔3〕。
弓抱关西月，旗翻渭北风〔4〕。弟兄皆许国，天地荷成功〔5〕。

〔1〕代宗广德二年（764）正月作于长安。这是一首给李光进送行的诗，首四句写李新任的职务，五、六句写李威武矫健的风貌，最后赞颂李光弼、光进兄弟在平定安史之乱中所创立的功勋。诗题底本作"送李太保充渭北节度"，今据《唐百家诗选》、明抄本、《全唐诗》改。题下注语底本作眉批于题目上端，此从《唐百家诗选》、明抄本、《全唐诗》。李光弼，唐代名将，平定安史之乱的功臣。太尉，秦汉为三公（丞相、太尉、御史大夫）之一，掌军事。唐代的太尉是一种位尊而无具体职守的官，不常置。据《旧唐书》本传载，李光弼曾封太尉。李太保，指李光进。据《旧唐书·李光弼传》载，广德二年正月，以光弼弟光进为太子太保兼御史大夫、凉国公、渭北节度使。太保，太子太保的省称，掌辅佐太子。渭

北节度使,据《通鉴》及《新唐书·方镇表》,乾元三年(760)正月始置鄜(鄜州,今陕西富县)、坊(坊州,今陕西黄陵县)、丹(丹州,今陕西宜川县)延(延州,今陕西延安市安塞区西)节度,又称渭北节度,治所在坊州。

〔2〕未央宫,汉长安宫殿名。此处借指唐皇宫。登坛,指受命为将。坛是古时举行祭祀、盟誓等大典用的土台。刘邦曾设坛拜韩信为大将,这是一种表示特殊恩遇的隆重仪式。总戎,主管军事之意。这句指李光进被任为渭北节度使。

〔3〕上公,周以太师、太傅、太保为三公,三公有德行者加封二伯,即为上公(见《周礼·春官·典命》郑玄注)。副相,即御史大夫。《汉书·百官公卿表》谓御史大夫"掌副丞相",故云。司空,西汉末年改丞相、太尉、御史大夫(三公)为大司徒、大司马、大司空,东汉又改大司空为司空。上句指李光进为太子太保,下句指他兼任御史大夫。

〔4〕关西,指潼关以西地区。弓形如月,抱弓如抱月,故云"弓抱关西月"。这两句中月、风之上加入"关西"、"渭北"之语,以切奉送光进充任渭北节度使之意。抱,《全唐诗》注:"一作挽。"

〔5〕许国,许身于国。荷,承受恩惠。成功,成就的功业。这两句说光弼、光进兄弟皆许身于国,所成就的功业之大,使天地都蒙受恩惠。

送张秘书充刘相公通汴河
判官便赴江外觐省〔1〕

前年见君时,见君正泥蟠。去年君见处,见君已风抟〔2〕。朝趋赤墀前,高视青云端〔3〕。新登麒麟阁,适脱獬豸冠〔4〕。

刘公领舟楫,汴水扬波澜[5]。万里江海通,九州天地宽[6]。昨夜动使星,今旦送征鞍[7]。老亲在吴郡,令弟双同官。鲈鲙剩堪忆,莼羹殊可餐[8]。既参幕中画,复展膝下欢[9]。因送故人行,试歌《行路难》[10]。何处路最难?最难在长安!长安多权贵,珂珮声珊珊[11]。儒生直如弦,权贵不须干[12]。斗酒取一醉,孤瑟为君弹[13]。临歧欲有赠,持以握中兰[14]。

〔1〕广德二年(764)岑参在长安,先任考功员外郎,寻转虞部郎中(属工部),此诗即作于是年三月。诗中先写友人随刘晏治汴河,即将离京赴职;次写友人可乘便返乡,享受与家人团聚之欢;最后慨叹长安权贵干政,居官不易,并以设酒弹瑟表示惜别作结。秘书,唐秘书省(掌图书的官署)属官有秘书丞及秘书郎,皆可省称为"秘书"。张秘书具体生平不详。刘相公,即刘晏。古称宰相为相公。当时晏已罢相,这里是袭用旧称以尊之。刘晏字士安,南华(今河南东明县东南)人,历任户部侍郎、京兆尹等职。广德元年正月同中书门下平章事(即宰相)。广德二年正月罢相,改任太子宾客。三月,奉命疏浚汴河。两《唐书》有传。汴河,即唐之广济渠,为南北大运河的一段,沟通了黄、淮两河间的水路。江外,指长江以南地区。觐(jìn)省,探视父母或尊亲。《通鉴》卷二二三:"自丧乱以来,汴水湮废,漕运者自江、汉抵梁、洋,迂险劳费,(广德二年)三月己酉,以太子宾客刘晏为河南、江、淮以来转运使,议开汴水。……晏乃疏浚汴水,遗元载(时为相)书,具陈漕运利病,令中外相应。"

〔2〕泥蟠(pán),原指龙蛰伏于泥中。《法言·问神》:"龙蟠于泥。"风抟,指鹏鸟乘风高飞,直上云天,参见《庄子·逍遥游》。前两句

168

说张秘书前年尚不得志,后两句说去年张已授职出仕,像大鹏一样扶摇直上。

〔3〕赤墀,即丹墀,注见前。这两句写张受到朝廷重用高升得志的情状。

〔4〕麒麟阁,汉代阁名,这里指秘书省。麒麟阁为汉宫中藏书处,秘书省是掌管图书的官署,故以麒麟阁借指秘书省。唐天授初改秘书省为麟台,即用此意。獬豸(xiè zhì),传说中的异兽,似羊,一角,能辨是非曲直,古决讼时,使之触不直者。御史司弹劾,所戴帽名獬豸冠,盖取其能辨是非曲直之意。见《后汉书·舆服志》、《汉官仪》。唐御史戴的帽子也叫獬豸冠(见《旧唐书·舆服志》)。这两句指张不久前刚由御史转至秘书省任职。

〔5〕舟楫,楫即桨,舟楫泛指船只。上句写刘晏为转运使。下句说,汴水原来埋废,将得到疏浚复扬波澜。

〔6〕江海通,汴水西北与黄河、洛水相接,东南与淮河以南的邗沟相接,由汴水可通长江并入海,故云。九州,古代分天下为九州,此指全国。这两句写汴河疏浚后的景况。

〔7〕动使星,迷信说法,表示有使臣出行。《后汉书·李郃传》:"和帝即位,分遣使者,皆微服单行,各至州县,观采风谣。使者二人,当到益部,投郃候舍。时夏夕露坐,郃因仰观问曰:'二君发京师时,宁知朝廷遣二使耶?'二人默然惊相视曰:'不闻也。'问何以知之?郃指星示曰:'有二使星,向益州分野,故知之耳!'"这两句写张秘书充刘相公通汴河判官。

〔8〕吴郡,唐郡名,天宝、至德年间改苏州为吴郡,治所在今江苏苏州市。鲈鲙(kuài,细切鱼肉)、蓴(chún,多年生水草,产南方湖泽中,梗有黏液,可以作汤)羹,为吴郡地方风味,此处引用晋人张翰辞官还乡的故事,见高适《酬裴员外以诗代书》注〔38〕。岑参因张秘书欲归吴郡而

169

连想到此事,并不是说张有辞官意。剩堪,真堪。以上四句写张秘书思念故乡和老亲。

〔9〕画,谋划。膝下,原指子女幼时依偎于父母膝下,后亦以膝下指在父母跟前。膝下欢,指回乡省亲团聚之欢。

〔10〕《行路难》,古乐府杂曲歌名,内容多写世路艰难及离愁别绪。

〔11〕珂(kē),玉。珮,同佩,古时结于衣带上的玉饰。珊珊(shān),玉佩相击声。此句写权贵身上饰物之多。

〔12〕直如弦,指鲠直。《后汉书·五行志》:"顺帝之末,京都童谣曰:'直如弦,死道边;曲如钩,反封侯。'"干,求,干谒。这两句写儒生守正不阿,不干权贵。

〔13〕斗,古时酒具。瑟,李校本等作"琴"。这两句写临别设酒鼓瑟,为友人送行。

〔14〕歧,岔路叫歧,此处指要分别的地方。兰,香草名,菊科植物,不同于今之兰花。古代有以春草赠人的风俗,是结恩情的表示,屡见于《诗经》、《楚辞》中。

裴将军宅芦管歌〔1〕

辽东九月芦叶断,辽东小儿采芦管〔2〕。可怜新管清且悲,一曲风飘海头满〔3〕。海树萧索天雨霜,管声寥亮月苍苍。白狼河北堪愁恨,玄兔城南皆断肠〔4〕。辽东将军长安宅,美人芦管会佳客。弄调啾飕胜洞箫,发声窈窕欺横笛〔5〕。夜半高堂客未回,只将芦管送君杯。巧能陌上惊杨柳,复向园中误落梅〔6〕。诸客爱之听未足,高卷珠帘列红烛。将军醉舞不肯休,更使美人吹一曲^[7]!

〔1〕本诗为大历元年(766)岑参入蜀前在长安所作,具体年代不详。诗中着力渲染芦管演奏者技艺的高超及芦管音色的表现力,且从管声的悲凉、激越、变化,带出情、景,从而反映了唐代音乐成就的一个侧面,并反映了唐代边将奢靡豪华的生活。裴将军大概是辽东的边将,事迹无考。芦管,又名塞管,截芦竹杆制成,管面开孔,吹奏时以手指启闭音孔,是由当时北方少数民族传入的一种管乐器。据《唐音癸签》说,芦管就是觱篥(bì lì);《太平御览·乐部》引《汉先蚕仪注》,认为是胡笳的别名,均不确。陈旸《乐书》说:"芦管之制,胡人截芦为之,大概与觱篥类,出于北国者也。"

〔2〕辽东,郡名,秦置,地处辽河之东,治所在今辽宁辽阳市西北,唐时为东北边防要地。这里当泛指辽河以东一带地区。芦,指芦竹,即荻芦竹,系多年生高大草本,形如芦苇,秆直立粗壮,可盖建茅屋,又可制作箫管等乐器。

〔3〕可怜,可爱。清且悲,芦管音色清越而悲凄。下句说芦管吹奏一曲,其声随风飘散充盈于海头,极言其声嘹亮。辽东近海,故有此语。

〔4〕萧索,即萧条,雨,降下,这里作动词用。苍苍,形容秋夜苍茫的月色。白狼河,今辽宁大凌河,汉唐间称白狼水。玄兔,即玄菟(tù),郡名,东汉至西晋时治所在今沈阳市东。白狼河北,玄兔城南泛指今辽宁中部一带地区。以上四句,前两句以北方边地秋夜肃杀凄凉的景色来衬托管声的"清且悲";后两句写秋夜凄凉的芦管声,引发边地戍卒悲痛欲绝的思归之恨。

〔5〕辽东将军,指裴将军。弄,演奏乐器。啾飕(jiū sōu),象声词,此指芦管之声。洞箫,一名参差(cēn cī),即排箫,由若干长短不等的竹管编组而成,不同于今之单管洞箫。窈窕,美好。欺,压倒,胜过。以上

四句写裴将军在长安宅第中置酒宴客,使伎人在席间吹奏芦管助兴的情景。

〔6〕误,迷惑。以上四句,前两句说,饮宴已到深夜,只吹奏芦管劝酒。后两句形容演奏者的技艺之巧,谓管声佳妙,能惊动杨柳、迷惑梅花。

〔7〕珠帘,用珠子缀成或饰有珠子的帘子。以上四句说宾客听犹未足,酒酣耳热,卷帘添烛;主人已醉,但因乐声动人,不肯罢休,更令再奏。此情此景,和边地戍卒的苦境正成对照。

送张子尉南海〔1〕

不择南州尉,高堂有老亲〔2〕。楼台重蜃气,邑里杂鲛人〔3〕。
海暗三江雨,花明五岭春〔4〕。此乡多宝玉,慎莫厌清贫〔5〕!

〔1〕写作时间同上篇。这是一首赠别诗,诗里对友人离别年迈的双亲、远赴南海任职的境遇,表示了同情。尉,县令的属官,此处"尉"是动词。南海,唐县名,属岭南道广州,地在今广东南海县。张子,《文苑英华》作"杨瑗"。南海,明抄本作"海南"。

〔2〕南州,泛指南方地区。堂,正室,一般为父母所居。《说苑·建本》:"子路曰:'负重道远者不择地而休,家贫亲老者不择禄而仕。'"这两句说,友人家贫亲老,所以不嫌县尉职卑、不计南海地远而出仕。

〔3〕蜃气,即海市蜃楼。古人误以为是蜃(传说为蛟一类动物)吐气所致。《史记·天官书》:"海旁蜃气象楼台。"重,指蜃气重重。邑,县的通称。鲛人,《博物志》卷二:"南海外有鲛人,水居如鱼,不废织绩,其眼能泣珠。"事又见《述异记》。这两句点出南海独特的风土人情。

〔4〕三江，今广东境内的西、北、东三江，合称珠江。五岭，指大庾岭、骑田岭、都庞岭、萌渚岭、越城岭，是南方最大的山脉。这两句写南海一带的气候特点和景色。

〔5〕南海一带出产珠、玑、象牙、犀革等珍物，《晋书·吴隐之传》："广州包山带海，珍异所出，一箧之宝，可资数世。"最后两句嘱咐友人任职时保持清廉的操守，话说得很委婉、含蓄。

早上五盘岭〔1〕

平旦驱驷马，旷然出五盘〔2〕。江回两岸斗，日隐群峰攒〔3〕。
苍翠烟景曙，森沉云树寒〔4〕。松疏露孤驿，花密藏回滩〔5〕。
栈道溪雨滑，畬田原草干〔6〕。此行为知己〔7〕，不觉行路难。

〔1〕作于大历元年（766）入蜀途中。诗中描写作者登上五盘岭后所看到的蜀地山川的奇异景色。五盘岭，一名七盘岭，岭上石磴盘折，故名。地在今四川广元市东北，与陕西宁强县接壤，自古是秦、蜀的分界处。

〔2〕平旦，天刚亮。驷，古代同驾一辆车的四匹马，或套着四匹马的车。这里"驷马"即指马。旷然，空阔的样子。出五盘，指越过盘折的石磴登上山巅。这句不单叙事，也写出了历尽险途后的心旷神怡之情。

〔3〕攒（cuán），聚集。上句写江流曲折，向前平望去，两岸互相交错、仿佛相斗的情状。下句说日出之前，群峰相连，层次莫辨，仿佛聚在一起。

〔4〕烟景，指笼罩在雾霭中的山色。云树，白云缭绕的高山之树。这两句说，朝日初升，山色显得分外苍翠；云树森沉，使人觉得寒冷。

〔5〕这句说花草茂密,将盘曲的江滩掩藏起来。"回滩"正与上文"江回"相呼应。

〔6〕栈道,在悬崖绝壁上凿孔架木修成的小道。畬(shē),火种,即焚烧田地里的草木,用草木灰作肥料耕种。畬田,火种之田。

〔7〕知己,指杜鸿渐。广德二年正月拜兵部侍郎、同平章事。大历元年二月,以宰相兼充山南西道、剑南东、西川副元帅,剑南西川节度使,入蜀平定军阀内乱。杜荐举岑参为职方郎中兼侍御史,列于幕府。此诗即与杜同入蜀时所作。

入剑门作寄杜杨二郎中时
二公并为杜元帅判官〔1〕

不知造化初,此山谁开坼〔2〕。双崖倚天立,万仞从地劈〔3〕。云飞不到顶,鸟去难过壁。速驾畏岩倾,单行愁路窄〔4〕。平明地仍黑,停午日暂赤〔5〕。凛凛三伏寒,巉巉五丁迹〔6〕。与时忽开闭,作固或顺逆〔7〕。磅礴跨岷峨,巍蟠限蛮貊〔8〕。星当觜参分,地起西南僻〔9〕。斗觉烟景殊,杳将华夏隔〔10〕。刘氏昔颠复,公孙曾败绩〔11〕,始知德不修,恃此险何益〔12〕?相公总师旅,远近罢金革〔13〕。杜母来何迟〔14〕,蜀人应更惜。暂回丹青虑,少用开济策〔15〕。二友华省郎,俱为幕中客〔16〕。良筹佐戎律,精理皆硕画〔17〕。高文出诗骚,奥学穷讨赜〔18〕。圣朝无外户,寰宇被德泽〔19〕。四海今一家,徒然剑门石〔20〕!

〔1〕这是大历元年(766)随杜鸿渐入蜀途中作寄友人杜亚、杨炎的一首酬酢诗。诗中先描写剑门山形势的险要,并借古代人事,指出不修德政,图谋依恃剑门之险割据一方,终究要失败,暗喻蜀中军阀想凭险作乱,也不可能成功;接写对杜鸿渐治蜀的期望,并称美杜亚、杨炎佐杜鸿渐幕的才识能力。杜元帅即杜鸿渐,见《早上五盘岭》注〔7〕。杜杨,即杜亚、杨炎。《新唐书·杜亚传》:"杜亚字次公,自云本京兆人。肃宗在灵武,上书论当世事,擢校书郎。……(杜)鸿渐为山南、剑南副元帅,亚与杨炎并为判官。"杨炎,字公南,凤翔天兴(今陕西凤翔县)人,初为河西节度使吕崇贲辟为掌书记,德宗时官至同中书门下平章事,《旧唐书》、《新唐书》有传。据《全唐文》卷三八七独孤及《送吏部杜郎中兵部杨郎中入蜀序》,知入蜀前杜、杨分别在吏部和兵部任职。郎中,官名,唐尚书省六部皆置郎中,分掌各司(每部有四司)事务。剑门,指大、小剑山,其地峰峦连绵,下有隘路若门,因亦名剑门山,是由陕入蜀必经的咽喉之地,在今四川剑阁县东北。

〔2〕造化,古人所想象的创造化育万物者,即天、大自然。此山,指大、小剑山。坼(chè),裂。

〔3〕双崖,大、小剑山峭壁中断,两崖对峙,剑门关即在两崖间,有"一夫当关,万夫莫开"之称。倚天立,形容双崖之高峻。仞(rèn),古以周尺七尺(一说八尺)为一仞。"万仞"句,说大、小剑山由地面劈开,拔地数千丈,高入云霄。

〔4〕上句形容山势险恶,似乎随时都有崩坍的可能,故须尽快驱车通过。下句指剑阁道很狭窄,车马无法并行。剑阁道在大、小剑山之间,《元和郡县志》卷三十四:"剑阁道自利州益昌县界西南十里至大剑镇合今驿道,秦惠王使张仪、司马错从石牛道伐蜀,即此也。后诸葛亮相蜀,又凿石架空为飞梁阁道,以通行路。"

〔5〕平明,天刚亮。停午,正午。这两句写山的陡峭高耸,天亮时因

山高蔽日,不能透入阳光,故云"地仍黑";中午时太阳升到中天,方能得见,但移时即又被遮,故云"日暂赤"。

〔6〕凛凛(lǐn),形容寒冷。三伏,据《阴阳书候》说,阴历夏至后第三庚(第三个十天)为初伏,第四庚为中伏,立秋后第一庚为末伏,总称三伏,是一年中最热的时期。巉巉(chán),形容高峻。五丁迹,五丁,古力士。《水经·沔水注》:"秦惠王欲伐蜀,而不知道,作五石牛,以金置尾下,言能屎金。蜀王负力令五丁引之成道。秦使张仪、司马错寻路灭蜀,因曰石牛道。"石牛道即剑阁道。这两句说地处高寒的剑阁有当年力士五丁的遗迹。

〔7〕作固,防守之意。《旧唐书·地理志》:"关所以限内外、设险作固闭邪止禁者也。"这两句写剑门关:上句说剑门随着时世的变化而开闭;下句说防守剑门者有顺有逆(逆指自为割据、不听中央号令;顺则相反)。晋张载《剑阁铭》:"惟蜀之门,作固作镇,是曰剑阁,壁立千仞。穷地之险,极路之峻;世浊则逆,道清斯顺。闭由往汉,开自有晋。"即此二句所本。吴校:"忽下注一作或,或下注一作明。"作,许校本作"负"。或,底本空缺,谢刻本作"仍",今从明抄本。明抄本注:"一作明。"

〔8〕磅礴,气势雄壮貌。岷、峨(眉)二山为蜀地高山中之最雄伟者。跨,跨越,超过。巍,高大雄壮貌。蟠(pán),大貌。限,阻隔,隔开。蛮貊(mán mò),南曰蛮,北曰貊,这里泛指当时南方文化比较落后的地区。

〔9〕分,指分野。古人以为天上的星辰能和地上的各个区域相互对应,称为分野。参(shēn)、觜(zī),均系二十八宿星名,居西方。古代以为参、觿(xī)、觜三星是益州(辖境在今四川一带)的分野,《汉书·天文志》:"觜、觿、参,益州。"起,李校本、《全唐诗》作"处"。

〔10〕斗,同陡,突然。烟景,景色。杳(yǎo),深远,遥远。华夏,我国古称,这里指中原地区。上句说,入剑门后陡觉景色不同;下句说,剑

176

门将蜀与华夏隔开。

〔11〕刘氏，三国刘蜀政权。刘备于东汉末起兵，后据有荆州、益州、汉中，公元二二一年称帝，国号汉。刘备死，子刘禅即位，公元二六三年为魏所灭。公孙，公孙述，字子阳，东汉初扶风茂陵（今陕西兴平县）人，初为王莽导江卒正（蜀郡太守），后起兵据有益州全部，自立为帝，号成家。公元三十六年为汉军所破，遂被杀。事见《后汉书·公孙述传》。败绩，军队作战大败。

〔12〕德，德政。修德，指推行有益于百姓的政治措施。以上四句，并承张载《剑阁铭》意："兴实由德，险亦难恃。自古及今，天命不易；凭阻作昏，鲜不败绩。公孙既没，刘氏衔璧（指兵败降敌，自缚其手，以口衔璧，作为拜见的礼物）。"

〔13〕相公，对宰相的尊称。当时杜鸿渐以宰相兼充节镇之职。总，统领。师旅，军队的通称。金革，原指兵器铠甲，引申用以称战争。这两句说杜鸿渐率军入蜀，将可消弭远近一带的战乱。参见《阻戎泸间群盗》注〔1〕。

〔14〕杜母，即杜诗，字君公，东汉河内汲（今河南汲县）人，光武帝时为侍御史，后任南阳郡（治宛县，今河南南阳市）太守，"性节俭而政治清平，善于计略，省爱民役，又修治陂池，广拓土田，郡内比室殷足。时人方于召信臣。南阳为之语曰：'前有召父，后有杜母。'"见《后汉书·杜诗传》。这里借指杜鸿渐。

〔15〕回，同迴，运，运用。丹青，一种颜料，可用以绘画。丹青色采明丽，丹青虑即指炳若丹青的谋虑。扬雄《法言·君子》："或问圣人之言炳若丹青，有诸？"少用，略施。开济，辅国济民。开济策指有助于国事民生的政治策略。这两句指杜鸿渐治蜀而言。

〔16〕华省，即画省，指尚书省。《汉官典职》："尚书省中皆以粉壁画古贤烈士，故曰'画省'。"按文彩画饰称"华"，《礼记·檀弓》"华而

皖"注:"华,画也。"华、画音近义同,故后来即以华省指尚书省。郎,郎官,包括侍郎、郎中、员外郎等。幕,幕府。幕中客,指杜亚、杨炎在杜鸿渐幕府中任判官。

〔17〕佐,辅助。戎律,军律。精理,精粹之理,指经过深思熟虑的主意。硕画,远大的计划。这两句称誉杜、杨的才干。

〔18〕文,文辞。诗骚,《诗经》和《离骚》。奥学,含义深秘不易理解的学问。穷,穷尽。讨,探索,研究。赜(zé),深奥。穷讨赜,指探尽深邃奥妙的道理。这两句赞扬杜、杨文辞之美,学问造诣之深。

〔19〕外户,指被疏远者。寰宇,谓四境之内。被,蒙受。

〔20〕四海,指天下。这两句说,今天下一统,不用兵革,剑门徒然险峻,也没有什么意义。结尾四句暗寓有今天下一统,谁想凭剑门之险割据一方也是枉然之意。

送狄员外巡按西山军 得霁字〔1〕

兵马守西山,中国非得计〔2〕。不知何代策,空使蜀人弊〔3〕。
八州崖谷深,千里云雪闭〔4〕。泉浇阁道滑,水冻绳桥脆〔5〕。
战士常苦饥,糇粮不相继。胡兵犹不归,空山积年岁〔6〕。儒
生识损益,言事皆审谛〔7〕。狄子幕府郎,有谋必康济。胸中
悬明镜,照耀无巨细〔8〕。莫辞冒险艰,可以裨节制〔9〕。相
思江楼夕,愁见月澄霁〔10〕!

〔1〕大历元年(766)七月,岑参随杜鸿渐到达剑南西川节度使治所成都府(今四川成都市),这首送同僚去戍地视察的诗即作于是年冬。

178

诗中首先对朝廷在剑南西山屯驻重兵、从而加重了百姓负担的政策表示不满。接着写戍地的恶劣气候和艰苦生活,对戍卒表示了同情。最后写对同僚的勖勉和别后的思念。狄员外,生平不详,时当兼任工部员外郎,与岑参同在杜鸿渐幕中,可参看岑参《陪狄员外早秋登府西楼因呈院中诸公》诗。巡按,巡查安抚,即视察之意。西山,指剑南西山,即今四川西部的雪山,一名雪岭,地势险阻,唐代设防秋三戍以备吐蕃,百姓疲于赋役,高适曾上书朝廷论之。

〔2〕非得计,失策之意。

〔3〕这两句说,在西山驻守重兵,不知是什么时候定下的计策,徒使蜀人疲困。弊,疲困。

〔4〕八州,剑南道辖松州、茂州、巂州、雅州、黎州、戎州、姚州、泸州八都督府。云,李校本作"雨"。

〔5〕阁道,指山岩险要处架木通行的栈道。绳桥,在山崖险峻处或水上用竹索架设的桥。《元和郡县志》卷三十三:"绳桥在(汶川)县西北,架大江水,篾笮四条,以葛藤纬络,布板其上。"在今四川理县薛城镇西,当时此处地接吐蕃,为蜀西门户。诗中疑非实指。以上四句写西山一带地势险恶,气候寒冷。

〔6〕糗(qiǔ),炒熟的米麦粉。糗粮泛指口粮。胡兵,指吐蕃军队。积年岁,经年累月。这四句说,戍卒生活艰苦,常因粮食不继而挨饿,由于吐蕃仍不退兵,只得长年在此戍守。

〔7〕识损益,即知道得失之意。谛,审。审谛即审慎之意。

〔8〕康,安定。济,救助。康济即安民济众之意。以上四句赞扬狄的识见和才能。

〔9〕裨(bì),补益,有助于。裨节制,指狄员外的巡视考察,有助于对军队的指挥和管辖。

〔10〕江楼,或指张仪楼,《陪狄员外早秋登府西楼因呈院中诸公》

诗曰:"常爱张仪楼,西山正相当。"《元和郡县志》卷三十二:"(成都)城西南楼百有余尺,名张仪楼,临山瞰江,蜀中近望之佳处也。"岑诗又有《张仪楼》,可参看。澄霁,指月色清沏明净。这两句说,别后相思,怕见到江楼夕月,引起对过去同游生活的回忆。

峨眉东脚临江听猿怀二室旧庐[1]

峨眉烟翠新,昨夜秋雨洗[2]。分明峰头树,倒插秋江底[3]。久别二室间,图他五斗米[4]。哀猿不可听,北客欲流涕[5]。

　　[1] 大历二年(767)六月,杜鸿渐罢剑南西川节度使职,岑参也在此时离开成都,南行赴嘉州刺史任,本诗即是年秋天作于嘉州(治所在今四川乐山)。诗的前半写秋雨后峨眉的优美景色,后半抒发自己怀念故乡的思想感情。峨眉即峨眉山,在四川峨眉西南。脚,山脚。临江,岷江流经乐山,故云。二室,指河南登封北嵩山东峰太室及西峰少室二山。《元和郡县志》卷六:"嵩高山在(登封)县北八里,亦名方外山。又云:东曰太室,西曰少室,嵩高总名,即中岳也。"旧庐,故居。

　　[2] 烟翠,指苍翠的山色。这两句说新雨之后山色清新。

　　[3] 这两句写秋天江水清澈,山顶树影倒映入水中的景象。

　　[4] "久别"句,开元十七年(729)以后一段时间,岑参曾隐居于嵩山少室,岑参《感旧赋》:"十五隐于嵩阳。"即指此。五斗米,参见《初授官题高冠草堂》注[5]。这两句说,自己为了谋求一点微薄的俸禄,不得已而久别故家,在外奔波。

　　[5] 北客,来自北方(中原地区)的旅居者,作者自称。这两句借用闻猿流泪的典故(参见高适《送李少府贬峡中王少府贬长沙》注[3]),来

表现自己的怀乡愁绪。

阻戎泸间群盗

戊申岁，余罢官东归，属断江路，时淹泊戎州作[1]。

南州林莽深，亡命聚其间[2]。杀人无昏晓，尸积填江湾。饿
虎衔髑髅[3]，饥乌啄心肝。腥臊滩草死，血流江水殷[4]。
夜雨风萧萧，鬼哭连楚山[5]。三江行人绝，万里无征船[6]。
唯有白鸟飞，空见秋月圆[7]。罢官自南蜀，假道来兹川[8]。
瞻望阳台云，惆怅不敢前[9]。帝乡北近日，泸口南连蛮[10]。
何当遇长房，缩地到京关[11]。愿得随琴高，骑鱼向云
烟[12]。明主每忧人，节使恒在边[13]。兵革方御寇，尔恶胡
不悛[14]？吾窃悲尔徒，此生安得全[15]！

〔1〕这是大历三年（768）东归途中被乱军阻于戎州时作的一首感
怀诗。诗中先述军阀混战中的血腥暴行，接写滞留旅途无限思念故国之
情，最后以申斥乱军作结。永泰元年（765）闰十月，西山都知兵马使崔
旰将兵击剑南节度使郭英义。史称郭英义为政"严暴骄奢，不恤士卒，众
心离怨"，崔旰借故宣言郭英义反叛，率部众五千余人袭成都，屠郭英义
家。郭单骑奔简州（今简阳），被普州（治所在今安岳）刺史韩澄所杀，送
首级给崔旰。邛（qióng）州（治所在今邛崃）牙将柏茂琳、泸州（治所在
今泸州）牙将杨子琳等又各举兵讨崔旰，四川境内大乱。大历元年
（766）二月，朝廷派宰相杜鸿渐入蜀平乱。杜慑于地方军阀的势力，上

表朝廷荐崔旰为成都尹,柏茂琳为邛州刺史,杨子琳为泸州刺史。次年六月,杜鸿渐入朝,奏请以崔旰为西川节度使。大历三年四月,崔旰入朝,以弟崔宽为留后,杨子琳率精骑数千人乘虚突入成都。七月,杨子琳败还泸州,招聚亡命,沿江东下,声言入朝。戎,戎州,属剑南道,治所在僰(bó)道(今四川宜宾市),地处长江与岷江会合处。泸,泸州,属剑南道,治所在泸川(今四川泸州市),地处长江和沱江会合处。群盗,指杨子琳等。戊申岁,即大历三年。东归,岑参此行未自成都北出剑门关,而拟乘船沿长江东行,而后经汴河北归。属,适。铜活字本等题下无注文。

〔2〕南州,犹言南方,指戎、泸一带。莽,草深貌。林莽,丛生的草木。这两句指杨子琳在泸州沿江一带聚众作乱事。

〔3〕髑髅(dú lóu),死人头骨。

〔4〕裛(yì),浥,沾濡。滩草死,指腥臭的尸体遍地,滩草被沾濡而死去,是一种夸张的说法。殷(yān),黑红色。

〔5〕萧萧,风声。楚山,楚地之山,今四川东部长江沿岸为战国时楚地。下句说鬼哭声连楚山,形容战乱中被杀害者之多。

〔6〕三江,四川境内的岷江、沱江、涪江号外、中、内三江。征船,行船。这两句写沿江一带的萧条、荒凉景象。

〔7〕白鸟,白鹭,水禽,常栖息于江畔。空见,只见。

〔8〕南蜀,岑参自嘉州罢官,嘉州在四川南部,故称"南蜀"。兹,此。

〔9〕阳台云,宋玉《高唐赋序》:"妾在巫山之阳,高丘之阻,旦为朝云,暮为行雨,朝朝暮暮,阳台之下。"阳台在巫山之下。阳台云指巫山(在今重庆巫山县)之云。巫山为岑参东归途中必经之地。不敢前,指被群盗所阻。

〔10〕帝乡,皇帝所在地,指长安。近日,《初学记》卷一"日部"引刘

劭《幼童传》："晋明帝讳昭,元帝太子也。初元帝为江东都督镇扬州时,中原丧乱,有人从长安来,元帝问洛下消息,潸然流涕。(明)帝年数岁,问泣故。具以东渡意告之,因问(明)帝:'汝意谓长安何如日远?'答曰:'不闻人从日边来,只闻人从长安来。'居然可知,元帝念之。明日集群臣宴会,设以此问,明帝又以为日近。元帝动容,问何以异昨日之言,答曰:'举头不见长安,只见日,是以知近。'帝大悦。"这里把长安和日比较远近,是说长安在很远的地方。蛮,古代泛指南方文化比较落后的地区。《礼记·王制》:"南方曰蛮。"

〔11〕何当,安得。长房,费长房,东汉汝南人。《神仙传》卷五:"房有神术,能缩地脉,千里存在目前宛然,放之复舒如旧也。"京关,犹帝关,指京城长安。这两句写思归心情之切。

〔12〕琴高,战中时赵人,能鼓琴,为宋康王舍人,事见《列仙传》。《法苑珠林》卷四十一《潜通篇》:"(琴高)行涓彭之术,浮游冀州、砀郡间二百余年,后复时入砀水中取龙子,与诸弟子期日。期日,(弟子)皆洁斋待于水旁,设星祠。(高)果乘赤鲤鱼出,入坐祠中,砀中且有万人观之。留一月,复入水。"今安徽泾县有琴高山、琴溪,相传为琴高乘鲤升天之所。云烟,云气和烟雾,这里指天空。

〔13〕明主,指唐代宗。忧人,为百姓而忧虑。节使,节度使。边,边地。

〔14〕兵革,兵指军器,革指皮制的衣甲。这里代指军队。悛(quān),悔改。

〔15〕窃,私下。悲尔徒,为你们这些人悲哀。全,保全。以上六句大意说贤明的君主每为百姓而忧虑,节度使正率领军队长驻边地防御寇盗,你们作了恶为什么还不悔改?我私下为你们这些人感到悲哀,你们这样下去绝不会有好下场!

巴南舟中思陆浑别业[1]

泸水南州远，巴山北客稀[2]。岭云撩乱起，溪鹭等闲飞[3]。
镜里愁衰鬓，舟中换旅衣[4]。梦魂知忆处，无夜不先归[5]！

〔1〕作于大历三年(768)七月东归途中。诗里先写舟行途中景色，
后抒岁月流逝，年老思归之情。巴南，泛指今四川南部之地。陆浑，唐代
都畿道河南府有陆浑县(今河南嵩县北)，岑参早年曾居于此。别业，别
墅，《唐诗所》作"旧居"。

〔2〕泸水，古水名，又称泸江水，即今四川西南部金沙江和雅砻江
合流后的一段金沙江。南州，即指诗题中之"巴南"。巴山，犹言蜀山。
北客，来自北方(指中原地区)的旅居者。

〔3〕撩乱，同缭乱，搅扰纷乱的样子。鹭，鹭鸶。等闲，从容不迫。
这两句写舟中所见景色：山峰间云雾缭绕，溪旁水鸟款款飞翔。

〔4〕衰鬓，变白脱落的鬓发。

〔5〕忆处，指陆浑故园。这两句说思乡心切，梦魂无夜不先于人而
归去。《楚辞·九章·抽思》："惟郢路之辽远兮，魂一夕而九逝。"

客舍悲秋有怀两省旧游呈幕中诸公[1]

三度为郎便白头，一从出守五经秋[2]。莫言圣主长不
用，其那苍生应未休[3]！人间岁月如流水，客舍秋风今又

起。不知心事向谁论,江上蝉鸣空满耳[4]!

〔1〕大历三年(768)岑参罢官东归,为乱军所阻,复折回成都,此诗
即大历四年作于成都。诗中抒写了作者当时的悲愤心情:岁月流逝,转
瞬已成白头,自己徒有救助苍生的志向却不为世所用!此时此刻,自己
有满腹心事,可客居成都旅舍,又向谁去倾诉呢?两省旧游,指门下、中
书省旧交。幕,指成都节度使幕府。

〔2〕三度为郎,岑参自广德元年(763)至永泰元年(765)曾先后五
次出任郎官;祠部员外郎(礼部)、考功员外郎(吏部)、虞部郎中(工部)、
屯田郎中(工部)、库部郎中(兵部)。"三"指多数,不是正好三次。出
守,指出任刺史。五经秋,经过五个秋天。按自永泰元年作者被任为嘉
州刺史,至大历四年作此诗时,约为五年。

〔3〕圣主,对帝王的褒称。长,永。长不用,指自己秩满罢官,未得
新任(唐代官制,一岁为一考,四岁为满,五考未得迁除则罢官)。
那(nuó),犹奈、奈何。未休,未得安宁。这两句说,不必说皇帝永不任用
自己,百姓还未得到安宁怎么办!是济世之志未遂的感慨。

〔4〕空,独。这两句说,自己满腹心事无处倾诉,独闻江上蝉声满
耳,令人烦躁。